COLLECTION FONDÉE EN 1984
PAR ALAIN HORIC
ET GASTON MIRON

TYPO EST DIRIGÉE PAR
PIERRE GRAVELINE

AVEC LA COLLABORATION DE
ROBERT LALIBERTÉ
SIMONE SAUREN
ET JEAN-YVES SOUCY

D1164357

TYPO bénéficie du soutien de la Société de développement des entreprises culturelles du Québec (SODEC) pour son programme d'édition.

Gouvernement du Québec – Programme de crédit d'impôt pour l'édition de livres – Gestion SODEC.

Nous reconnaissons l'aide financière du gouvernement du Canada par l'entremise du programme d'aide au développement de l'industrie de l'édition (PADIÉ) pour nos activités d'édition.

Nous remercions le Conseil des Arts du Canada de l'aide accordée à notre programme de publication.

LE BONHEUR A LA QUEUE GLISSANTE

ABLA FARHOUD

Le bonheur a
la queue glissante

Roman

TYPO

Éditions TYPO
Une division du groupe Ville-Marie Littérature
1010, rue de La Gauchetière Est, Montréal (Québec) H2L 2N5
Tél. : (514) 523-1182
Téléc. : (514) 282-7530
Courriel : vml@sogides.com

Maquette de la couverture : Nancy Desrosiers
Illustration de la couverture : peinture originale de Muriel Moore, 1998.

Catalogage avant publication de Bibliothèque et Archives Canada
Farhoud, Abla, 1945-
Le bonheur a la queue glissante
Nouv. éd.
(Typo)
Publ. à l'origine dans la coll. : Collection Fictions.
Éd. originale : Montréal : L'Hexagone, 1998.
Comprend des réf. bibliogr.
ISBN 2-89295-205-0
I. Titre.   II. Collection.
PS8561.A687B65 2004   C843'.54   C2004-940483-0
PS9561.A687B65 2004

DISTRIBUTEURS EXCLUSIFS :

• Pour le Québec, le Canada
et les États-Unis :
LES MESSAGERIES ADP*
955, rue Amherst
Montréal (Québec)
H2L 3K4
Tél. : (514) 523-1182
Téléc. : (450) 674-6237
*Filiale de Sogides ltée

• Pour la Suisse :
TRANSAT SA
C.P. 3625
1211 Genève 3
Tél. : 022 342 77 40
Téléc. : 022 343 46 46
Courriel : transat-diff@slatkine.com

• Pour la Belgique et la France :
Librairie du Québec / DNM
30, rue Gay-Lussac, 75005 Paris
Tél. : 01 43 54 49 02
Téléc. : 01 43 54 39 15
Courriel : direction@librairieduquebec.fr
Site Internet : www.librairieduquebec.fr

Pour en savoir davantage sur nos publications,
visitez notre site : **www.edtypo.com**
Autres sites à visiter : www.edhomme.com • www.edjour.com
www.edvlb.com • www.edhexagone.com • www.edutilis.com

Dépôt légal : 2e trimestre 2004
Bibliothèque nationale du Québec
Bibliothèque nationale du Canada

السّعادة ذيلها أملس

Le bonheur a la queue glissante.

J'ai dit à mes enfants : « Le jour où je ne pourrai plus me suffire à moi-même, mettez-moi dans un hospice pour vieillards. » Ils ont répondu : « Mais non, mais non, tu es notre mère, nous nous occuperons de toi. »

En vieillissant, la résignation et la sagesse se confondent, c'est pourquoi j'ai dit : « Quand un bébé naît, on le couche dans un couffin en attendant qu'il grandisse ; quand un vieux devient trop vieux, on le met dans une maison de vieux avec des barreaux au lit en attendant qu'il meure. Chaque pays a ses coutumes, aucun mal à cela, le résultat est le même. C'est le cycle de la vie. Ce que j'avais à vivre, je l'ai vécu, et je mourrai en paix sans déranger personne... Un paysan qui se suffit à lui-même est un sultan qui s'ignore... »

Les mots sortaient de ma bouche, clairs et ordonnés, avec seulement une légère hésitation qui m'est devenue naturelle avec le temps. Il m'arrivait rarement de dire tant de mots à la fois, et j'éprouvais la joie et l'excitation d'un enfant mangeant un cornet de crème glacée après un long hiver.

Même si mes enfants continuaient à dire « mais non, mais non » chacun à sa manière, soit en arabe, soit en français, soit par un geste comme Farid qui grommelle au lieu de parler, j'ai senti qu'ils étaient soulagés. Salim, mon mari, hochait la tête en levant les yeux et en soupirant, comme il le fait toujours quand il est indigné. Le mot hospice, il l'a rayé depuis longtemps de son vocabulaire et juste à le voir me regarder de la sorte je sais qu'il m'en veut d'en avoir ouvert la porte. Myriam ne disait rien et observait la scène comme à son habitude. Abdallah, l'aîné, s'est alors levé et a déclaré avec véhémence : « Jamais, mère, jamais je ne te laisserai. Toute ta vie tu as pris soin de nous. Je prendrai soin de toi. »

Il y a eu un léger silence. Même les enfants de mes enfants se sont tournés vers leur oncle.

Chacun d'entre nous savait qu'Abdallah ne pourrait pas prendre soin de moi. Quand l'oiseau rapace viendra manger le dedans de sa tête, quand il sera dépaysé, dépossédé, que pourra-t-il pour moi, mon tendre Abdallah, quand il ne pourra plus rien pour lui-même ?

Nous étions chez Samira, l'aînée de mes filles, qui nous avait invités pour un dîner suivi d'une séance de photos. Pour une fois, il ne manquait personne. Nous réunir tous pour quelques heures – il y en a toujours un ou une qui est malade, ou en voyage, ou occupé – n'a jamais été chose facile. Samira, l'organisatrice en chef de la famille, et Kaokab, la benjamine, ont souvent essayé de nous rassembler pour une photo de famille avant que leur père et moi quittions ce monde. La dernière et la seule photo que nous ayons, Kaokab était enfant et Samira, jeune fille.

Ce jour-là, c'est le photographe qui n'est pas venu, au grand désespoir de Samira qui a même dit que le destin était contre nous. Parler du destin pour une chose si futile !

Je mangeais avec une petite tristesse. Une toute petite tristesse. Est-ce à cause de cela que j'ai parlé de l'hospice ? Je crois qu'il ne faut jamais laisser une vieille femme boire du vin...

Je sentais la fin de quelque chose. J'avais le sentiment que c'était la dernière fois que je prenais un repas avec tous les miens rassemblés.

Au deuxième versant de la vie, avec ou sans vin, on sent souvent la fin de quelque chose. Un jour on ne peut plus monter l'escalier sans s'essouffler, un jour on ne peut plus le monter du tout ; un jour on ne peut plus s'asseoir par terre et se relever seul ; un jour on ne peut plus manger le piment qu'on aime tant, un jour on ne peut plus rien manger sans être incommodé, un jour une dent est arrachée, puis une autre, jusqu'à ce qu'on se retrouve avec une bouche que l'on ne reconnaît pas ; un jour on est obligé de s'essuyer la bouche avant d'embrasser un enfant, un jour on se regarde dans le miroir et on voit une vieille femme qui aurait pu être notre grand-mère.

Si jeunesse revenait un jour, je lui raconterais ce que vieillesse a fait de moi...

Des petits bouts de soi s'en vont, aussi distinctement qu'une petite lumière qui s'éteint. On le sent, on le voit. Cet étrange corps qui est devenu le nôtre, chaque fois qu'on réussit à l'apprivoiser, continue à changer et à se détériorer jusqu'à la fin. On sait que l'on devra peu à peu faire le deuil de soi-même avant même que nos enfants aient à faire leur deuil de nous.

La vieillesse a quand même la délicatesse de venir pas à pas, jour après jour, sinon on ne saurait l'accepter et apprendre à se dire que tant qu'on est vivant, tant que nos enfants et petits-enfants sont vivants, le reste est sans importance. À mesure que le corps vieillit, la valeur des choses change dans la tête. Et c'est bien ainsi.

Je les regardais, l'un après l'autre, sans qu'ils me voient, tous occupés par le photographe qui ne viendra pas, oubliant très vite l'hospice qui viendra un jour.

Salim, mon mari, trônait au bout de la table. Comme d'habitude, il parlait, gesticulait, moi, je ne parlais pas, j'écoutais ; Samira, l'aînée de mes filles, allait et venait, agile et précise, aucun geste pour rien, tout doit être parfait. Chaque objet de sa maison a sa place et c'est à cette même place qu'il faut le remettre. Toutes les maisons que j'ai habitées ont toujours été sens dessus dessous malgré toute ma volonté de changer. Samira a un mari aussi riche qu'elle et ils n'ont pas d'enfants, moi, j'ai six enfants et cinq petits-enfants pour toute richesse ; Myriam, la deuxième de mes filles, a deux enfants, Véronique et David. C'est chez elle que je vais le plus souvent, à cause de ses enfants. Elle écrit des livres, moi, je sais seulement écrire mon nom ; Kaokab, la plus jeune, est la seule personne que je connaisse qui battrait son père dans une joute oratoire ou un match d'histoires drôles. En sa présence, Salim écoute plus qu'il ne parle, ce qui est un exploit. Kaokab est professeure de langues, moi, je parle à peine ma propre langue et quelques mots de français et d'anglais ; Samir, le plus jeune des garçons, a trois enfants, Amélie, Julien et Gabriel. Je ne sais pas quand il a eu le temps de les faire. En avion peut-être. C'est d'ailleurs là qu'il a rencontré sa femme. Un jour à Hong-Kong, un jour au Brésil ou au Chili. Je ne sais pas où se trouvent ces pays, je sais seulement qu'ils sont loin d'ici ; Farid n'a pas d'enfants et fait mille métiers. Souvent, il dessine des meubles et les fabrique, moi, je sais dessiner des oiseaux. Et Abdallah, l'aîné de la famille, n'a ni femme ni enfants.

Mon regard passait de l'un à l'autre plusieurs fois et je n'ai pu m'empêcher de me demander s'ils étaient bien mes enfants ou les enfants de la voisine comme on dit.

Assis près de Kaokab, un homme que j'ai déjà vu une fois ou deux. À côté de Farid, une jeune femme que je vois pour la première fois. Farid et Kaokab ne restent pas longtemps avec la même personne. S'ils sont heureux, tant mieux. Mon mari a de la difficulté à accepter. Même si nous vivons ici depuis de nombreuses années, les coutumes de ce pays lui paraissent toujours inconcevables. Surtout quand il s'agit de ses filles. Mon Dieu ! les discours que j'ai entendus sur la société québécoise, canadienne et américaine quand Myriam s'est séparée ! J'avais beau lui dire qu'au Liban aussi on se divorce, plus encore depuis la guerre, que les mœurs changent partout dans le monde et pas seulement ici, rien à faire. Il fulminait au lieu d'avoir de la peine. Il a fini par dire que le monde va à sa perte et que la vie n'a plus de sens. C'est toujours sur cette phrase qu'il s'arrête de parler. Et il rentre dormir pour reprendre des forces ou pour oublier.

Nous avons tous eu beaucoup de peine de perdre le mari de Myriam, nous l'aimions beaucoup même s'il ne parlait pas notre langue. Il était si bon avec Abdallah dans ses moments difficiles. J'ai seulement dit à Myriam : « Je pense, ma fille, que les enfants de cet âge ont besoin de leur père. » Elle m'a répondu : « Leur père n'est pas mort, ils vivront avec lui une semaine sur deux. » Cela m'a donné un coup au cœur. Je les voyais avec leurs valises allant de la maison de leur père à la maison de leur mère sans jamais une maison à eux. J'ai seulement dit : « Tu es sûre que leur père pourra leur faire à manger ? » Ses yeux étaient petits. Elle avait sans doute beaucoup pleuré : « Tout ce qui t'importe, mère, c'est la nourriture. Il n'y a pas que manger dans la vie. Mais ne t'en fais pas, leur père sait très bien faire la cuisine. » J'ai pensé : « Une mère ne se remplace pas », mais je n'ai rien dit, je ne voulais pas ajouter à sa peine. Je ne suis pas très bonne en mots. Je ne sais pas parler. Je laisse la parole à Salim. Moi, je donne à manger.

Mes mots sont les branches de persil que je lave, que je trie, que je découpe, les poivrons et les courgettes que je vide pour mieux les farcir, les pommes de terre que j'épluche, les feuilles de vigne et les feuilles de chou que je roule.

Depuis plus de cinquante ans je fais à manger tous les jours et, chaque fois, c'est différent. J'améliore les plats, j'invente de nouvelles recettes, de nouvelles façons de procéder, parfois. Je me demande s'il y a autant de différence dans les mots. Pour plonger mes mains dans la nourriture, il faut que j'en aie vraiment envie, sinon je brasse à la cuiller. Mes mains nues et propres touchent la nourriture que mes enfants vont manger. C'est ma façon de leur faire du bien, je ne peux pas grand-chose, mais ça, je le peux.

C'est très rare que Salim ou les enfants disent merci. Ça ne m'a jamais dérangée. Est-ce qu'on dit merci si quelqu'un nous dit « Je t'aime » ? On peut répondre je t'aime, mais on ne dit pas merci.

Quelquefois j'aimerais pouvoir parler, avec des mots. J'ai oublié, avec le temps. Depuis une dizaine d'années, il m'arrive d'essayer. Ça sort de ma bouche en boules déjà défaites. J'oublie des bouts de mots en dedans et personne ne comprend. Même moi, je trouve que tout est mêlé. Je vois bien que ce qui est dans ma tête et ce qui sort de ma bouche n'ont rien à voir. Alors je me tais. Le pire, c'est quand je veux raconter une histoire que je connais bien, que j'ai vécue. Quand Salim est là, il reprend l'histoire du début. Il prend tout son temps, arrondit les mots, donne tous les détails, même ceux que j'avais oubliés ou pensé qu'ils n'étaient pas importants. Il se lève, fait les gestes qu'il faut pour donner de l'ampleur aux choses, pour les mettre en évidence. Tout le monde est accroché, suit l'histoire. Même moi. Soudainement, cette petite histoire de rien du tout devient importante. Même pour moi qui l'ai vécue. Je ne sais pas comment il fait. Je l'envie. Je l'admire aussi.

Pourtant je me souviens, quand j'étais petite, je parlais. Je savais parler. Contrairement à ma sœur, toujours silencieuse, je parlais. Je disais ce que je pensais. Je faisais rire mon père, mes frères et sœurs. Même les invités. Un jour, j'ai même fait rire Mahmoud Boutrabi connu dans tout le village pour son mauvais caractère et sa mauvaise humeur. Personne ne l'avait jamais vu sourire et rire encore moins. Mon père avait remarqué mon exploit et, par la suite, je suis devenue aux yeux de tous celle qui a réussi à faire rire Mahmoud Boutrabi. Je disais aussi leur vérité aux gens, ce qui provoquait le rire des autres. Je ne laissais rien passer. C'était ainsi, sans effort.

Qu'est-ce qui est arrivé pour que mes mots se transforment en grains de blé, de riz, en feuilles de vigne et en feuilles de chou ? Pour que mes pensées se changent en huile d'olive et en jus de citron ? Qu'est-ce qui est arrivé ? Quand cela a-t-il commencé ? Ce n'est quand même pas Salim qui a provoqué cela ? Si je lui ai cédé ma place, ma langue, si rapidement, c'est que j'avais commencé à le faire avant. Mais quand ?

Le repas était sans doute très bon. Je mangeais sans appétit. Comme chaque fois qu'elle nous invite, Samira s'est plainte que nous mangions trop vite, que ce n'était pas la peine de cuisiner pendant des heures pour tout avaler en cinq minutes. Elle avait tout à fait raison, mais à quoi ça sert de le redire puisque aucune parole n'a jamais rien changé à cette mauvaise habitude.

C'est toujours Salim qui répond à la remarque de Samira. Il dit que c'est héréditaire, que nos ancêtres mangeaient dans la même grande assiette posée au milieu de la table et qu'il fallait que chacun se presse d'avaler s'il voulait rassasier sa faim avant qu'il ne reste plus rien ; il dit que dans les premiers temps de son arrivée ici il n'avait jamais le temps de terminer son repas, car les clients entraient dans le magasin à n'importe quelle heure, et comme ses enfants ont travaillé dans ses magasins, ils mangent vite eux aussi. Il finit toujours en disant qu'il mange vite parce qu'il déteste manger froid.

Les vieux racontent toujours les mêmes histoires. J'aime mieux ne pas parler.

Je ne sais pas ce qu'il m'a pris de parler. De dire à mes enfants de me mettre à l'hospice... Mais j'aimerais mieux mourir ! Pourquoi parler de cela maintenant ?

J'ai de bons enfants, ils prendront soin de moi, j'en suis sûre, mais peut-on être jamais sûr de quoi que ce soit ? Une seule mauvaise action peut parfois faire oublier toutes les bonnes actions qui l'ont précédée. L'humain oublie, c'est pour cela qu'on l'appelle humain. L'ingratitude n'est pas un manquement exceptionnel...

... Mon âme est tournée vers celle de mon enfant et l'âme de mon enfant est de pierre... Les parents se vouent à leurs enfants et ceux-ci vont faire de même avec leurs enfants, c'est dans l'ordre des choses.

Garder une vieille femme à la maison, c'est très dur, je le sais, la grand-mère de Salim, je l'ai gardée pendant deux ans, jusqu'à ce qu'elle meure...

Chacun a sa vie. Mes filles ont leur travail et mes fils... Ah ! mon Dieu, pourquoi penser à cela maintenant ?

C'est surtout pour Abdallah que je m'inquiète. Qui s'occupera de lui quand son père et moi ne serons plus là ? Si mes enfants sont prêts à envoyer leur mère à l'hospice, laisseront-ils leur grand frère dans la rue ?

Je suis sûre que tout se passera bien. Je suis en bonne santé, grâce à Dieu, je peux encore aller et venir et faire à manger. Je suis de la lignée de mon père qui est mort à quatre-vingt-quinze ans avec presque toutes ses dents et toute sa tête. Pourquoi m'en faire avant le temps ? On dit que... seule sa propre écorce est tendre pour le bois... Avec mes six enfants et cinq petits-enfants, j'ai une écorce de onze couches...

Regardez donc qui s'en vient... Il n'y a pas plus beau au monde que ces trois enfants-là marchant ensemble, en riant et en bavardant. Que Dieu éloigne le mauvais œil, qu'il les protège et les garde en bonne santé... Quand je pense qu'il y a à peine quelques années, ils allaient à la garderie juste en face. Je les revois encore... Quelles belles heures j'ai passées à les regarder jouer... Comme elle pousse Véronique, elle va bientôt être aussi grande que sa cousine Amélie... David ressemble de plus en plus à sa mère... Est-ce que j'ai du jus dans le frigo ? Il y a des nougats, des tartelettes à la viande, des fruits...

Ils ne sont pas restés longtemps. J'aime les voir, même dix minutes, le temps de me remplir l'âme de leur image... Et Salim qui veut que nous retournions vivre au Liban, maintenant que la guerre est finie. Qu'il y aille, moi, je reste ici.

Mon mari est très différent de moi. Quand les enfants atteignent l'âge de six, sept ans, on dirait qu'ils deviennent pour lui des étrangers. Je le comprends dans un sens. Il aime raconter des histoires et, dans ce cas, la langue est un gros handicap. Mes petits-enfants ne parlent pas notre langue. Ils disent grand-papa et grand-maman en arabe, c'est à peu près tout. Moi, ça ne me dérange pas. Nous arrivons à nous comprendre pour l'essentiel. L'essentiel n'a pas besoin de beaucoup de mots.

Avec mes petits-enfants, c'est reposant. Je les aime, ils m'aiment, et c'est parfait.

Salim n'a pas la même façon que moi de voir la vie et de vivre. En vieillissant, il devient de plus en plus malheureux, et moi, c'est le contraire, le malheur est sorti de ma poitrine. Par moments, surtout quand Abdallah est haché vif par ce qui lui tombe du ciel, le malheur revient. Et il repart comme il est venu.

David m'a serrée si fort en partant qu'il m'a presque fait mal. Dire qu'il y a deux ans j'étais plus forte que lui. Qu'est-ce qu'il riait quand je le battais au bras de fer ou bien quand je le poussais à travers le long couloir de leur appartement... Toi forte, *sitto*, toi plus forte que maman... Je voulais lui dire que j'avais été élevée à la montagne, que c'est pour cette raison que je suis forte et en bonne santé, mais je n'ai pas trouvé les mots, alors j'ai dit : « Maman toi, assis, toujours écrit, pour ça pas forte... » Je comprends tout ce que mes petits-enfants me disent parce qu'ils détachent chaque mot, comme pour parler à un sourd-muet. S'ils pouvaient parler comme ça à la télévision...

Véronique m'a embrassé la main et l'a mise sur son front. J'étais tellement surprise. C'est ce que les jeunes font dans les villages par respect pour les plus vieux. Où a-t-elle appris ce geste ? Je l'ai serrée fort fort en faisant quelques pas avec elle, en chantant : « Danse, danse, Véro ! » Ils se tordent de rire chaque fois depuis qu'ils sont petits et, si j'oublie, c'est eux qui chantent « Danse, danse, *sitto* », en me serrant dans leurs bras et en me faisant danser. Et le jeu n'a pas du tout changé, même depuis qu'ils sont adolescents.

Amélie était de bonne humeur. Elle aime beaucoup sa cousine et son cousin. Eux aussi l'aiment. Elle ne m'a pas demandé d'argent aujourd'hui... Peut-être qu'elle n'a pas osé devant ses cousins...

Faudrait que je téléphone à ses parents pour les inviter à souper, ça fait longtemps que je n'ai pas vu Julien et Gabriel. Je sais ce qu'ils vont me dire... trop occupés, on n'a pas le temps, envoie-nous la nourriture par taxi. Eh bien, non, je n'enverrai rien par taxi, s'ils veulent manger, ils n'ont qu'à venir. Trop de travail, trop de travail... Et pendant ce temps-là, les enfants se débrouillent sans parents ! J'ai essayé de leur dire, mais qui écoute une vieille femme ?

Avec Myriam, c'est tout le contraire. Ce n'est pas qu'elle fasse tout ce que je dis, loin de là, mais elle me fait sentir que ce que je dis est important. Avec elle, j'ai l'impression d'être la reine mère. Tous mes enfants sont un peu comme ça, mais elle, un peu plus que les autres.

Ses enfants sont comme elle. Grand-maman par-ci, grand-maman par-là, comme si leur grand-maman était faite en or ou en ce qu'ils aiment le plus, le chocolat et la crème glacée. Véronique a même dit à sa mère : « Grand-maman est une déesse... » Pauvre déesse que je suis ! Si toutes les déesses me ressemblaient, il n'y aurait pas lieu de les appeler déesses...

Enfin...

Parfois, tandis que je ris et que je m'amuse avec mes petits-enfants, mes enfants me regardent en se demandant si je suis bien la mère qu'ils ont eue. Et ils ont raison. Je ne suis pas celle qu'ils ont connue.

Enfin...

Je vais profiter de ce qu'il n'y a personne à la maison et aller dormir un peu.

Quand je mourrai... je m'ennuierai de mes petits-enfants... et de mes enfants aussi... je ne sais pas s'ils penseront à moi quelquefois... C'est bon, le silence... la paix et le silence. J'aurais dû me faire religieuse... chanter et prier et écouter le silence... mais je n'aurais pas eu de petits-enfants...

Certains immigrants disent : « Je voudrais mourir là où je suis né. » Moi, non. Mon pays, ce n'est pas le pays de mes ancêtres ni même le village de mon enfance, mon pays, c'est là où mes enfants sont heureux.

Bien sûr, parfois j'ai la nostalgie de mes treize ans, quand mes os me font mal. Si je le pouvais vraiment, est-ce que je retournerais en arrière ? Non. Mon pays, c'est mes enfants et mes petits-enfants, c'est moi, aujourd'hui, avec mon souffle court, mes lourdes jambes, mes yeux devenus petits à force de pleurer et de rire en se plissant.

Mon pays, c'est mes petits-enfants qui s'accrochent à mon cou, qui m'appellent *sitto* Dounia... dans ma langue.

Je veux mourir là où mes enfants et mes petits-enfants vivent.

Myriam m'a invitée à venir passer la journée chez elle. Elle veut sans doute me parler de l'autre jour. J'aime aller chez elle, surtout les semaines où ses enfants sont là. Je leur ai apporté des feuilles de vigne farcies et du *hoummos bi tahini* que Véronique et David pourraient manger sans rechigner trois cent soixante-cinq jours par année. Myriam m'a dit :

« Tu pourrais arriver les mains vides, pour changer.

— Une main vide est une main sale, ma fille.

— Ah ! c'est un nouveau proverbe, je ne l'avais jamais entendu ! » me dit Myriam en prenant un papier pour l'écrire en français.

Je voulais lui répondre qu'un proverbe vient en temps et lieu, en accord ou en désaccord avec ce qui vient d'être dit ou fait, que c'était la première fois qu'elle soulignait mon geste. D'habitude, elle me décharge et va porter les paquets au frigo sans même dire merci, comme s'il était tout naturel que je lui apporte de la nourriture. Mais je n'ai rien dit, je suis allée moi-même au frigo pendant qu'elle rangeait le proverbe avec les autres.

Elle m'a fait du bon café et ce que j'aime le plus : du fromage français sur du pain grillé. Ça me change du fromage que je fais moi-même et que je mange à longueur d'année. Je lui ai dit : « Avant de mourir, c'est ça que je veux manger. » Elle a ri. J'aime l'entendre rire.

Ma fille Myriam ne parle pas beaucoup. Elle n'a jamais rien à raconter comme Kaokab ou Samira, Abdallah et même Samir quand il a le temps. Elle ne bavarde pas. Dans les réunions de famille, elle est silencieuse comme moi. On pourrait penser que ça l'ennuie d'être avec nous.

Quand ses enfants étaient petits, elle racontait au moins les petites choses amusantes qu'ils faisaient, mais maintenant qu'ils sont grands, c'est fini.

Même le prophète Mouhammad ne saurait répondre à toutes les questions que Myriam me pose ! Le Prophète recevait les réponses d'Allah, moi, je suis seule... Et elle me regarde comme si elle ne m'avait jamais vue. Chaque mot a l'air important. Je peux parler autant que je veux, sans peur de me tromper. Avec elle, on dirait que ma langue se délie, que ma poitrine respire mieux. Avec les autres, j'ai toujours hâte d'arriver à la fin et eux aussi. Ils ont raison, je ne sais pas bien parler. Avec Myriam, on dirait que je suis une autre personne. À mon âge, c'est fatigant d'être une autre personne. Je ne suis pas habituée. Parfois, je lui dis : « Parle, toi, c'est toujours moi... » Elle me pose d'autres questions. Sans m'en apercevoir, je continue.

Je ne la comprends pas toujours très bien. Elle non plus, peut-être. Nous avons toutes les deux la même langue maternelle, mais que d'années elle a passées à étudier une autre langue. Myriam a vécu presque toute sa vie ici.

De tous mes enfants, c'est elle que je sens la plus loin de moi et en même temps la plus proche. Je n'arrive pas à m'expliquer comment on peut être si proche et si loin en même temps. Si elle ne me ressemblait pas physiquement, je serais bien embêtée de dire qu'elle est ma fille. Même si je l'aime et qu'elle m'aime, j'ai l'impression parfois d'être en présence d'une étrangère : sa façon d'hésiter, de chercher ses mots quand elle parle l'arabe, d'y mettre des mots de français et surtout sa manière de penser qui ne ressemble pas à la mienne.

Moi aussi, j'hésite, je cherche mes mots, mais ce n'est pas pareil, moi, j'ai perdu quelque chose en chemin, tandis que Myriam a emprunté une autre route.

Je ne sais pas si c'est seulement la langue ou simplement qu'elle est d'une autre génération ou peut-être l'école. Ça change beaucoup une personne d'avoir étudié longtemps. Même si nous étions restés au Liban et qu'elle avait étudié l'arabe, il y aurait eu une distance entre elle et moi. Ceux qui vont très longtemps à l'école, je l'ai remarqué quand je suis retournée vivre au Liban, on dirait qu'ils cherchent des poux aux puces. Ils disent en vingt mots ce que l'on pourrait dire en trois. ... Le meilleur des mots, un seul... C'est ce que je pense.

Les enfants sont venus manger et ils sont repartis pour l'école en me faisant promettre de rester jusqu'à leur retour. En mangeant, Véronique, la plus âgée, a dit à sa mère : « J'aimerais beaucoup que *sitto* Dounia habite avec nous. » Souvent mes enfants et petits-enfants parlent de moi comme si je n'étais pas là. Véronique s'est tournée vers moi pour me faire comprendre ce qu'elle venait de dire. J'aurais pu lui répondre que j'aime mieux qu'elle s'ennuie de moi plutôt que d'être fatiguée de trop me voir, que son grand-père a besoin de moi, que son oncle Abdallah vient souvent à la maison et qu'il serait mal à l'aise de venir trop souvent chez eux. J'ai souri et seulement dit en français : « Peux pas moi, toi, viens chez nous des fois. »

J'ai dit à Myriam de rentrer travailler, que je laverais la vaisselle, elle a protesté pour la forme : « Reposetoi, mère, tu as assez à faire chez toi », et elle est entrée dans son bureau.

J'ai lavé la vaisselle, rangé un peu la maison, plié un tas de linge sorti de la sécheuse, reprisé ce qu'il y avait à repriser et j'ai préparé le café. J'ai déposé sur le plateau la cafetière, les petites tasses et un verre d'eau, et je suis entrée sans faire de bruit dans son bureau comme je le fais chaque fois que je viens chez elle.

Elle a souri distraitement et elle a continué à taper sur son ordinateur, comme chaque fois. Elle a bu une gorgée de café les yeux sur son écran et moi aussi j'ai bu en la regardant.

Myriam ne laisse entrer personne quand elle écrit. Sauf moi. Je suis si discrète qu'elle oublie que je suis là. Je ne lui parle jamais, elle non plus. Parfois elle lit et relit une phrase qu'elle vient d'écrire en chuchotant à son écran.

Comme moi quand je lavais la vaisselle, des larmes coulent sur ses joues, parfois. Elle ne les essuie pas. Elle sait que les larmes qu'on laisse couler prennent la couleur de la peau, on est tranquille, personne ne les voit.

Quand elle était petite, c'est elle qui était à mes côtés quand je lavais la vaisselle.

J'aime m'asseoir dans la chaise berçante qu'elle a placée pour moi dans son bureau. Je regarde dehors, les arbres sont de toutes les couleurs, c'est très beau... Je bois le café avec de la cardamome, comme je l'aime. À la maison, c'est Salim qui prépare le café, il n'aime pas le goût de la cardamome, il n'en met jamais.

Je regarde ma fille écrire. Ses doigts sont comme des mouches enfermées dans un bocal, ils voltigent et reviennent toujours à la même place. Elle pose parfois un regard sur moi sans me voir... Je la regarde... Ma mère avait à peu près son âge quand elle est morte. Que Dieu éloigne la mort de cette maison...

Je ne me rappelle plus le visage de ma mère. On m'a dit qu'il était blanc et rond et beau comme la lune. À une orpheline on dit toujours que sa mère était belle, c'est le moins qu'on puisse faire pour alléger sa peine. Tout comme moi, ma mère ne savait pas lire. Mon père, oui. Quand le journal arrivait au village, à n'importe quelle heure du jour ou de la nuit, il le lisait d'un bout à l'autre, et les livres de messe aussi, parce qu'il était prêtre.

Notre maison était, comme on dit, une maison ouverte. Je ne l'ai jamais vue vide, ou avec juste notre famille, il y avait toujours des gens. C'était un presbytère, un salon, un café, parfois même un tribunal, et pour ceux qui venaient d'ailleurs, un hôtel et un restaurant puisqu'il n'y en avait pas au village. À la mort de ma mère, notre maison s'est complètement désorganisée. Nous sommes devenus pouilleux, mon petit frère et moi, tellement que les poux se construisaient des abris sur nos têtes qui finissaient par s'infecter. Mon père engageait beaucoup de villageois pour travailler, mais tout ce monde n'arrivait pas à bout de ce qu'il y avait à faire.

Et dire que ma mère était toute seule pour tout...

Mon père était désemparé. Comme il ne pouvait se remarier, les prêtres orthodoxes ne se marient qu'une fois, et que ses fils les plus vieux avaient déjà émigré en Argentine, mon père a décidé de marier mon frère Moussa qui n'avait que dix-sept ans. Son choix s'est porté sur Nahila, une fille forte, intelligente et travailleuse, un peu plus âgée que mon frère, qui semblait être capable de prendre en charge notre maison. Moussa n'aimait pas Nahila et ce fut le malheur de sa vie. Pour mon petit frère et moi, c'était tout le contraire. Nous avions retrouvé une mère qui nous lavait à grande eau savonneuse au moins une fois par semaine... J'ai toujours aimé l'eau... et le savon.

De ma mère il ne me reste que deux phrases et si ma grand-mère ne me les avait pas répétées de temps en temps en me disant qu'elles étaient de ma mère, je les aurais sûrement oubliées. Elle disait : « Ne laisse jamais passer les instants de plaisir ; pour rassasier ton corps, un rien suffit. » Je ne sais pas si ma mère a eu beaucoup de plaisir dans sa vie, je sais seulement que mon père l'aimait. Quand il nous parlait de notre mère, il avait des larmes aux yeux.

Ma mère disait aussi : « Il n'y a pas de souffrance que le sommeil ne sache vaincre. » Malgré cette maladie inconnue qui l'a emportée si jeune, ma mère ne se plaignait jamais. Elle a continué de travailler jusqu'au jour de sa mort. Seul son dernier sommeil a su vaincre ses maux...

Le jour de la mort de ma mère, je n'ai pas eu de peine, mais je me souviens d'une grande joie à cause d'un petit carré de dentelle que je convoitais depuis longtemps. Zarifi, ma petite voisine un peu plus âgée que moi, me l'avait donné pour me consoler de ce dont on ne se console jamais... je le sais maintenant...

C'est étrange, je me souviens du nom de ma voisine et de ma mère qui m'a imbibée de son amour, je ne me souviens que de deux petites phrases...

Myriam s'était arrêtée d'écrire et me regardait. On aurait dit qu'elle cherchait quelque chose à l'intérieur de moi. Elle m'a dit : « J'aimerais écrire un livre sur toi, mère. » J'ai ri. J'ai peut-être rougi.

« Pourquoi moi ? Es-tu en mal d'histoires ?... Demande à ton père, il en connaît beaucoup.

– J'ai écrit une quinzaine de livres et je n'ai jamais parlé de toi. J'ai le goût de te connaître.

– Drôle de façon de me connaître !

– Est-ce que tu veux ?

– Même si je disais non, qu'est-ce que ça changerait ? »

J'ai pensé : « Tu n'en ferais qu'à ta tête. Je n'ai jamais lu un mot de ce que tu as écrit, même si tu avais parlé de moi, je ne l'aurais jamais su. »

« Comme cela a dû te manquer de ne pas savoir lire et écrire, a dit Myriam comme si elle avait lu dans mes pensées.

– Ne nous manque que ce que l'on a connu, je te l'ai dit cent fois.

– Tu me l'as dit, mais ça ne me rentre pas dans la tête. »

Et elle s'est remise à taper en marmonnant plusieurs fois sa dernière phrase avec colère. Ses doigts sautillaient plus vite que d'habitude.

Dans notre culture, on ne dit pas «tu mens » à sa mère, mais je sentais que c'est ce qu'elle voulait dire. J'étais fatiguée. J'avais hâte que les enfants arrivent. Je marchais à travers la maison pour me dégourdir les jambes et la tête, et la phrase de Myriam me revenait.

Ça ne lui rentre pas dans la tête parce que ce n'est pas vrai. Je réponds par un dicton, un proverbe ou une phrase toute faite quand mes enfants me posent une question sur mon passé, c'est plus facile que d'avoir à chercher la vérité, à la dire, à la revivre...

Ne pas savoir lire et écrire m'a beaucoup manqué. Mais si je le leur avais dit, ils m'auraient demandé pourquoi je n'avais pas appris, et alors il aurait fallu que je commence à chercher pourquoi.

Parler est si difficile... montrer sa petitesse... Raconter ses exploits est sans doute plus facile que d'avouer à ses enfants que l'on s'est laissé écraser par le destin, que l'on ne s'est pas relevé...

Un prisonnier qui sait lire et écrire n'est pas en prison. C'est ce que j'ai toujours pensé. Je ne l'ai jamais dit parce que je ne voulais pas qu'ils aient de la peine pour moi.

Un jour, je voulais écrire à mon père pour qu'il vienne nous chercher, moi et mes enfants.

J'étais au Canada depuis six mois et déjà enceinte de cinq mois. Nous habitions chez ma belle-mère et ma vie n'était pas une vie. C'était tellement différent de tout ce que j'avais connu.

Ce devait être ça, la mort.

En enfer, on dit qu'il fait chaud... Moi, j'avais toujours froid et j'étouffais. Je ne comprends pas comment je pouvais en même temps avoir froid et étouffer. Juste avant de mourir, on peut grelotter, claquer des dents et ne pas arriver à reprendre son souffle. J'en ai beaucoup vu en 42, pendant l'épidémie de typhoïde... Je devais être en train de mourir...

Une main en acier me serrait la gorge et une pierre lourde me pressait la poitrine. Pendant toute la journée. Sans répit. La nuit, je restais longtemps éveillée, mais je finissais par dormir grâce à Dieu ou à ma mère qui devait veiller sur moi.

J'aurais tellement aimé savoir écrire.

Je ne pouvais parler à personne. Je ne connaissais pas la langue du pays, je ne sortais jamais de la maison, je n'avais ni parents ni amies, mon mari avait tellement de problèmes, c'était impossible de lui parler, et ma belle-mère, que Dieu lui pardonne, me détestait comme si je lui avais tué ses enfants.

Il me restait mes enfants. Les trois plus grands allaient à l'école et les deux petits restaient avec moi. C'est surtout pour mes enfants que j'avais peur de mourir. J'étais orpheline, je ne voulais pas qu'ils le deviennent. Je ne pouvais pas grand-chose pour eux, mais je pouvais au moins leur donner à manger et laver leurs vêtements.

Ce jour-là, mon mari était en train d'écrire. Je savais que Salim écrivait à mon père par sa façon de s'arrêter et de réfléchir longtemps avant de recommencer à écrire.

Salim aimait mon père, il le respectait et l'admirait plus que tous les hommes qu'il avait connus. Avec une grande fierté, chaque fois qu'il en avait l'occasion, il racontait les histoires que mon père avait vécues, surtout à l'époque où les chrétiens et les druzes se tapaient dessus pendant que les Français et les

Turcs se disputaient leurs parts de la moisson. Il racontait les aventures de mon père avec tant de talent et
de ferveur que ceux qui ne connaissaient pas mon père
pensaient que c'était un imam du temps du Prophète.
C'est vrai que l'honneur, la justice, la parole donnée,
le courage, la générosité, les miracles et tout le reste
ressemblaient aux histoires de cette époque-là.

Salim écrivait régulièrement à mon père qui lui répondait tout aussi régulièrement. En me lisant les lettres, il était tout transformé. Parfois, j'avais l'impression que je n'étais plus la fille de mon père, que Salim
avait pris ma place. Je me disais : « Si ça lui fait plaisir, pourquoi pas... » Salim avait perdu son père si
jeune...

Salim venait de terminer sa lettre, l'avait pliée et
mise dans une enveloppe, puis il s'était levé pour aller je ne sais où. J'ai regardé l'enveloppe quelques
instants et j'aurais voulu devenir une poussière, un
insecte, et rentrer dans l'enveloppe et m'envoler, partir, mourir... J'ai ouvert l'enveloppe et j'ai écrit au bas
de la dernière page, du mieux que j'ai pu, les quelques lettres que je savais... je ne savais pas écrire mon
nom. J'avais trente ans, j'avais cinq enfants, bientôt
six, et je ne savais même pas écrire mon nom...

J'ai vite refermé l'enveloppe pour que Salim ne me
voie pas. Il m'aurait demandé pourquoi et je n'aurais
pas su quoi lui répondre.

Longtemps j'ai attendu la réponse de mon père. À
chaque nouvelle lettre, mon cœur allait se rompre à
force de cogner.

J'ai fini par oublier.

M'imaginer que mon père comprendrait ce bar-
bouillage, je le sais aujourd'hui, c'était m'accrocher

aux cordes du vent... et même s'il avait compris mon message, aurait-il pris le bateau comme je l'ai fait avec mes enfants, serait-il venu nous chercher ? Lui, toujours prêt à sauver le monde, à secourir le pauvre, le miséreux, la veuve et l'orphelin, aurait-il sauvé sa propre fille de la mort ? « C'est ton destin, ma fille, il faut l'accepter. » C'est ce qu'il m'aurait dit.

Je savais bien que c'était mon destin, je n'avais besoin de personne pour me dire ce que je savais déjà, mais j'aurais eu besoin de quelqu'un pour m'aider à faire ce que je n'arrivais pas à faire toute seule. J'aurais eu besoin d'une main tendue vers moi, d'une main qui me sorte de ce trou noir et froid.

C'est trop tard à présent. Quand j'avais vraiment besoin d'aide, il n'y avait personne...

Cette lettre que j'ai tant désiré écrire, c'est à ma mère qu'il m'aurait fallu l'envoyer. Ma mère aurait compris, j'en suis sûre.

Impossible d'écrire aux morts, impossible d'écrire aux vivants. Impossible de parler aux vivants, comme de parler aux morts. J'étais seule dans un désert froid. Même si j'avais pu crier, il n'y avait personne ni pour m'entendre ni pour me consoler. J'ai attendu. Longtemps. J'ai essayé de respirer juste assez pour ne pas mourir. Pour que mes enfants aient une mère. Je sais aujourd'hui que la souffrance des mères qui mettent fin à leur vie est plus grande que l'amour qu'elles ont pour leurs enfants. J'ai eu de la chance. L'amour pour mes enfants était plus grand que ma souffrance. Je savais peut-être, même à cette époque, que tout passe, même l'insupportable. Et puis... peut-être que... c'est la première fois que cela me traverse l'esprit... peut-être que... ce n'est pas l'amour pour mes enfants qui m'a retenue, mais la peur de la mort...

Myriam est venue me rejoindre à la cuisine et m'a demandé si je voulais un café ou manger des fruits. J'ai opté pour les fruits. Nous étions assises face à face et nous mangions, elle dans ses pensées, et moi dans les miennes, quand elle s'est arrêtée et m'a regardée avec tendresse : « Mère, est-ce que tu te sens seule ? » Ma gorge s'est serrée. À lui seul un regard tendre suffit à m'émouvoir, avec cette question en plus, j'étais désarçonnée. Elle attendait ma réponse en continuant à me regarder, puis une autre question m'a frappé le cœur :

« As-tu peur que tes enfants t'abandonnent, mère ? »

Je n'aime pas pleurer devant mes enfants. Je l'ai fait trop souvent quand ils étaient petits. Maintenant, je peux mieux me contrôler. J'ai cherché un proverbe pour ne pas avoir à répondre. J'ai dit : « Seuls tes ongles gratteront ta peau en te soulageant. » Je l'ai vue marmonner le proverbe pendant quelques secondes en essayant de le comprendre, puis elle a dit : « Tu as répondu à ma première question. Et la deuxième ? » Je ne pouvais pas lui avouer que j'avais peur que mes enfants m'abandonnent, elle aurait été déçue par mon peu de confiance en la vie et en mes enfants. Soudain, une lumière s'est faite dans ma tête et j'ai dit : « Allah est avec le faible pour étonner le fort. » Elle n'a pas eu le temps de me demander de le lui expliquer, David est arrivé et, quelques minutes plus tard, Véronique. J'étais sauvée.

Myriam a voulu me raccompagner en auto. J'ai dit que j'aimerais mieux marcher. L'hiver, je me laisse plus facilement convaincre. C'est difficile de marcher, surtout quand la glace se cache sous la neige ; enjamber la neige amoncelée le long des trottoirs, je le faisais jadis avec grande joie... Myriam et les enfants voulaient que je reste pour le souper et que je dorme chez eux. Je n'avais rien préparé pour le souper de Salim et il n'aime pas manger seul. Je ne l'ai pas dit à Myriam, elle m'aurait répondu que son père est assez grand et que je devrais commencer à penser à moi. Comme si c'était facile à faire.

J'ai baragouiné quelque chose à propos du yogourt que je devais découvrir pour qu'il ne soit pas trop acide. En réalité, le yogourt aurait pu attendre, pour en faire du fromage, c'est encore mieux. Mais je voulais m'en aller. J'ai fait promettre à Véronique et à David de venir manger chez nous le lendemain midi, pour donner un petit congé à leur mère, et je suis partie sans regret, je les verrai demain.

Même si je marche de moins en moins, j'aime marcher. Je pense parfois au moment où je ne le pourrai plus. J'aime ce quartier où je vis depuis que j'ai fui le Liban. Si je compte sans me tromper, j'ai vécu une trentaine d'années au Liban et une quarantaine d'années au Canada. Depuis que je suis vieille, j'ai le temps de penser et de repenser, de compter et de recompter, mais je n'arrive jamais au même résultat.

Chaghour, le village où je suis née, j'y suis restée jusqu'à mon mariage ; Bir-Barra, le village de mon mari, une douzaine d'années ; notre première émigration dans les années cinquante a duré une quinzaine d'années ; retour au Liban pour une dizaine d'années. La guerre du Liban est arrivée, et nous sommes revenus au Canada.

Je crois avoir mal compté. J'ai vécu plus longtemps là-bas qu'ici...

Pour moi, ici ou là-bas, c'est pareil. Si mes enfants habitaient là-bas, j'habiterais là-bas, puisqu'ils sont ici, c'est ici que je suis. La seule différence, c'est le climat. Plus de calme ici à cause de la neige, plus de joie là-bas à cause du soleil.

Pendant longtemps, le soleil et la joie ont été happés. Pendant longtemps, les uns sont devenus les ennemis des autres, et la guerre, l'ennemie de tous.

La mort et la souffrance, c'est ce qui fait que nous sommes tous des humains, bien que parfois je me dise que beaucoup ne méritent pas ce nom... Un enfant tué, qu'il vienne d'une famille riche ou pauvre, d'un clan ami ou ennemi, c'est un enfant qui meurt. Et la douleur de ceux qui restent, femmes ou hommes, riches ou pauvres, ici ou là-bas, est la même. La mort nous unit et la vie nous sépare, je crois. La vie montre notre différence, la mort, notre ressemblance. Chacun dans la vie veut marquer sa force et son territoire ; dans la mort, il n'y a ni force ni territoire. Et ce n'est pas un tombeau en marbre qui change quoi que ce soit. Le corps de l'ami pourrit aussi vite que celui de l'ennemi. Rien ne ressemble plus à un mort qu'un autre mort. La vanité est du domaine des vivants. La mort est identique pour tous, elle se résume à un souffle qui s'éteint.

C'est curieux comme la guerre à l'extérieur nous divertit de la guerre à l'intérieur... Quand la mort est sur le pas de la porte, tout reprend sa juste dimension. Les choses sans importance tombent d'elles-mêmes. Reste l'essentiel. Comme ne pas se faire tuer, comme manger et boire et rire aussi.

Une vie entière quand elle s'approche de la mort se résume en un clignement d'œil. Ouvre l'œil, ferme l'œil, et c'est fini...

Je vais m'asseoir un peu pour me reposer. Mes genoux supportent difficilement mon corps. Moi aussi, parfois. Mes petits-enfants, quand ils étaient petits, me disaient souvent : « Toi belle, *sitto*. » Cela me faisait plaisir, même si je ne le croyais pas. Les enfants, comme les amoureux, voient avec leur cœur.

Petite, je me lavais, me relavais, je frottais mon visage pour qu'il devienne blanc. Il devenait rouge. N'avait été le regard des autres, je l'aurais peut-être trouvé beau, lustré et transparent les jours où je me lavais très fort. À cette époque, être foncé ou clair de peau n'avait pas beaucoup d'importance pour les hommes, pour les femmes, c'était mieux d'être blanche et ronde. Je suis devenue ronde mais brune je suis restée.

J'ai passé de longues périodes de ma vie avec la certitude que personne ne me voyait. Ma mère était occupée à nous nourrir, à faire du café et donner à manger à ceux qui venaient voir mon père. Mon père était occupé à discuter, à remettre la paix dans les cœurs. Quand j'étais petite, c'était déjà des tueries à n'en plus finir entre les Français et les druzes, et mon père, qui n'était ni français ni druze, faisait de son mieux pour éviter que le sang coule. Il croyait à la parole et le café aide à parler.

Beaucoup plus tard, mon mari était occupé à gagner de l'argent pour que l'on puisse survivre, occupé à regarder d'autres femmes plus belles que moi à ses yeux, occupé à ses frustrations, aussi. Il avait beaucoup à faire.

J'ai ouvert l'œil et je vais bientôt le fermer pour toujours. C'est trop vite. Je n'ai pas eu le temps de forcer le regard. J'ai essayé bien des fois.

J'ai appris avec le temps qu'on ne peut rien forcer. Ce qui arrive arrive. Ce qu'on aime on le regarde. C'est tout.

Je voulais qu'il me regarde, qu'il me dise : Dounia tu es belle, je t'aime. Mais peut-être que ça ne se faisait pas à l'époque où j'en avais besoin. La tendresse... encore aujourd'hui, un regard tendre me traverse le corps et se déverse par mes yeux. Là-dessus, l'âge n'a rien arrangé. Salim, c'est pareil, il a été orphelin très jeune, lui aussi, et en plus, sa mère ne l'a jamais aimé. Je n'arrive pas à imaginer qu'une mère n'aime pas son enfant. C'est peut-être parce qu'elle ne l'a presque pas connu, qu'elle ne l'a pas élevé. Salim vivait au Liban pendant que sa mère vivait au Canada. Quand ils se sont vus, il avait déjà trente ans et ce fut la catastrophe. D'autant plus que ma belle-mère était en train de vivre ce qu'une mère peut vivre de plus inhumain : la maladie puis la mort de sa fille. Elle n'avait plus de place pour rien d'autre que pour cette douleur. Parfois, quand je pense à tout ce qu'elle nous a fait endurer et que j'ai envie de la haïr, je n'ai qu'à me souvenir de ce qu'elle vivait et je lui pardonne.

Salim et moi étions orphelins, lui de père, moi de mère... Deux orphelins en manque de tendresse et d'affection qui se marient mettent au monde des enfants sans parents, je crois, des orphelins comme eux, des mendiants, parce qu'un orphelin ne devient jamais tout à fait un père, une orpheline jamais tout à fait une mère. Jamais la juste mesure... Le manque est le frère jumeau du trop-plein...

Les gens riches disaient : « Mariez les pauvres, les mendiants se multiplieront. » Leur mépris me choquait et me choque encore, mais je sais maintenant que la vraie pauvreté n'est pas celle que l'on croit et que la vraie richesse n'est pas celle que l'on accumule et que l'on peut compter. La vraie richesse est là ou elle n'est pas là, elle s'en va sans prévenir et revient si elle en a envie. On ne peut en tirer ni orgueil ni vanité. On la porte en soi sans en connaître la valeur jusqu'au jour où on la perd. Petite étincelle, si petite qu'on ne lui a pas trouvé de nom...

Salim et moi n'étions pas considérés comme pauvres dans la région où nous sommes nés. Loin de là. Salim possédait beaucoup de terres et sa mère lui envoyait aussi de l'argent du Canada. Il vivait sans travailler, comme un scheik. Et moi, j'étais la fille du prêtre... Nous aussi, nous recevions de l'argent de l'étranger et nous avions des terres.

Je crois que Salim m'aimait. Je pense qu'il m'aimait, sinon pourquoi serait-il monté si souvent pour me voir ? Il y avait deux bonnes heures à pied entre son village et le mien. Je crois qu'il me trouvait belle, il ne me l'a jamais dit, sinon pourquoi m'aurait-il demandée en mariage ? On ne se marie pas avec une laideronne juste parce qu'elle est la fille du prêtre le plus respecté de la région. Il aurait pu demander la main de ma sœur, mais non, c'est moi qu'il voulait épouser.

Toutes les filles des environs auraient été fières de se marier avec lui. Il était beau, blanc de peau, cheveux épais et noirs, il était fort, n'avait peur de rien, il avait de l'argent. Et il parlait bien. Ah Dieu ! qu'il savait bien parler. Et raconter des histoires. Il savait faire oublier son pays à un étranger... Il nous séduisait avec des histoires anciennes et d'autres qu'il inventait. En sa compagnie, personne ne pouvait s'ennuyer. La moindre anecdote dans sa bouche devenait un conte des *Mille et une nuits*, parfois drôle, parfois émouvante, toujours captivante. Il m'a fait beaucoup rire. Et pleurer aussi.

Salim avait besoin de monde autour de lui. Beaucoup de monde. On aurait dit qu'il voulait à tout prix être aimé. C'est vrai qu'il était aimable. Il était si différent dans une maison pleine ou une maison vide, avec seulement moi et les enfants... Quand il n'avait personne avec qui discuter ou à qui raconter une histoire, il allait en chercher sur la place du village. Au Canada, plus de place du village, plus d'oreilles attentives pour l'écouter, plus d'yeux pour le regarder. Plus personne pour comprendre ses histoires. Ici, chacun travaille et rentre chez soi, et lui aussi a été obligé de travailler toute la journée. Ici, les hommes vont à la taverne pour boire de la bière et regarder la télévision. Salim n'aimait ni la bière ni la télévision. Même s'il arrivait à se débrouiller dans les nouvelles langues, cela ne suffisait pas, un conteur a besoin de bien connaître la langue. Même ses enfants, qui auraient pu devenir son auditoire, à mesure qu'ils grandissaient oubliaient peu à peu la langue de leur père, ou n'y trouvaient aucun intérêt.

Les histoires restaient prises dans sa gorge et l'étouffaient.

Les premières années passées ici, nous étouffions tous les deux, lui regardant vers l'extérieur, et moi le regardant. Lui éclatait par en dehors en frappant, en cassant tout ce qu'il touchait, et moi, j'éclatais par en dedans, ne sachant où déverser ma peine.

Nous aurions pu mourir asphyxiés, mais nos enfants nous ont sauvés, je crois.

Ma première enfant en terre canadienne est venue prendre la place de cette peine, de mon souffle qui n'arrivait plus à sortir de ma gorge. Très vite après mon arrivée, elle s'est formée dans mon ventre. Elle a tout pris. C'est trop pour un enfant. Je ne voulais pas qu'elle vive. Je ne voulais pas la laisser vivre. Que Dieu me pardonne, je ne me le pardonnerai jamais.

Quand je pense à cette enfant dans mon ventre, je me dis : Par quel miracle Kaokab est-elle restée en vie, par quelle grâce peut-elle sourire, parler et rire ?

Les voies de la destinée sont incompréhensibles au moment où on les emprunte, et même plus tard...

Est-ce bien un figuier que je vois dans la vitrine de l'épicier ? Il n'était pas là ce matin... Le Grec a réussi à faire pousser un figuier dans son jardin et l'a apporté dans son épicerie pour lui tenir compagnie...

Mon Dieu, que d'effort pour ne pas tout perdre. Pour ne pas trop souffrir du manque. Pour garder son passé vivant. Le Grec me sourit, il a dû voir mon étonnement et me fait signe qu'il est vrai, son figuier. Il est si fier... Que le chemin est long avant d'arriver à se détacher...

Émigrer, s'en aller, laisser derrière soi ce que l'on va se mettre à appeler *mon* soleil, *mon* eau, *mes* fruits, *mes* plantes, *mes* arbres, *mon* village. Quand on est dans son village natal, on ne dit pas *mon* soleil, on dit *le* soleil, et c'est à peine si on en parle puisqu'il est là, il a toujours été là, on ne dit pas *mon* village puisqu'on l'habite... Tout n'est qu'habitude, même la piété... Je m'en suis aperçue quand j'ai émigré de mon village pour aller vivre dans celui de mon mari.

L'autre jour, je disais à Abdallah que j'avais émigré la première fois en me mariant, quand je suis allée vivre à Bir-Barra. Il a bien ri. Pour lui, émigrer, c'est changer de pays, traverser les océans, aller au bout du monde. Pourtant, il s'est rappelé qu'on dit du prophète Mouhammad qu'il a émigré de La Mecque à Médine, deux villes de la même région où l'on parlait la même langue. Je ne sais pas si Mouhammad s'est senti immigrant, mais pour moi, c'est le mot qui convient, parce que c'est en vivant dans le village de mon mari que j'ai commencé à faire des comparaisons, à voir les différences, à vivre le manque et la nostalgie, à avoir envie d'être ailleurs sans pouvoir y aller, à me sentir étrangère.

Pour moi, c'était un autre pays. Même si on pouvait parcourir facilement à pied la distance entre nos deux villages, les gens étaient différents, et, pour eux, j'étais différente. Pour eux, j'étais l'étrangère, en plus d'être celle qui avait volé Salim qui aurait dû se marier avec une fille du village. Mon accent n'était pas le leur, ils n'aimaient pas ce que j'aimais, je n'aimais pas ce qu'ils aimaient, les fruits et les légumes n'avaient pas le même goût, le prêtre du village n'était plus mon père, le paysage n'était pas celui que j'avais connu. Le village était entouré de montagnes, il y faisait plus chaud, l'air était moins bon. Le village de mon enfance était juché sur la cime d'une haute montagne, j'avais l'impression de voir jusqu'au bout du monde. Depuis la fin de mon enfance, je n'ai plus jamais contemplé l'horizon : dans le village de mon mari, les montagnes bouchaient ma vue ; à Montréal comme à Beyrouth, les maisons empêchent de voir loin.

Le seul avantage, c'était l'eau. La fontaine du village se trouvait à deux pas de la maison et l'on avait droit à deux cruches par jour, parfois trois. Petite, il me fallait marcher des kilomètres pour remplir une cruche, mais l'eau était si bonne... peut-être parce que j'étais fatiguée de marcher. Ici, c'est encore mieux. On n'a qu'à ouvrir le robinet. C'est une merveille, un robinet, et même quarante ans plus tard, depuis cet instant miraculeux où j'ai ouvert le robinet pour la première fois, que l'eau claire et propre a coulé dans mes mains, il m'arrive encore de m'arrêter, de lever les yeux au ciel et de rendre grâce.

Depuis ce dimanche où j'ai parlé de l'hospice devant mes enfants et depuis que Myriam m'a posé des questions parce qu'elle s'inquiète pour moi, je n'ai pas arrêté de penser à ma vie. D'habitude, je pense à la vie, et à la vie de mes enfants et de mes petits-enfants, mais rarement à ma vie. Abdallah est calme depuis un bon moment, Salim ne reste pas trop longtemps à la maison, ça me laisse du temps...

Il y a des jours où je suis heureuse. Je suis dans le bonheur. Souvent, cela n'a rien à voir avec ce qui arrive ou n'arrive pas. Je n'ai pas plus de raison d'être heureuse que de ne pas l'être. Je suis heureuse, c'est tout.

J'ai appris à savourer ces instants comme je bois l'eau fraîche quand j'ai soif. Je sais qu'ils ne sont pas éternels et que le temps peut tourner. ... Le bonheur a la queue glissante... Savourerais-je cette eau si je n'avais pas eu soif ?

Toutes les fois que je pense au bonheur, je me rappelle l'histoire d'Abdo le malheureux que mon père contait à l'un ou l'autre de ses paroissiens. Si je savais parler français, je la raconterais à mes petits-enfants. Sur le coup, ils l'écouteraient probablement sans grand intérêt, mais peut-être qu'ils la garderaient et la comprendraient plus tard, comme je l'ai fait. J'ai appris cette histoire par bribes, parce qu'il y avait toujours une course à faire, un verre d'eau à aller chercher ou un café à préparer... Je vais essayer de la rabouter pour la raconter à Abdallah tout à l'heure quand il viendra. Je lui dirai de la raconter à ses neveux à ma place.

Abdo le malheureux était très pauvre. Il vivait dans une toute petite maison avec sa femme et ses nombreux enfants et trouvait sa vie invivable. Il se plaignait de son sort sans savoir quoi faire pour s'en sortir. Un jour, il eut l'idée d'aller voir le rabbin ou le prêtre ou l'imam, je ne sais plus, pour lui demander de l'aider. Après avoir entendu tous ses malheurs, celui-ci lui dit : « Si tu veux m'écouter et faire tout ce que je te dirai, je t'aiderai. »

Abdo était prêt à tout et promit de faire tout ce que le rabbin ou le prêtre ou l'imam lui dirait de faire.

«Tu as une vache, dit le prêtre ou le rabbin ou l'imam.

– Oui, répondit Abdo.

– Rentre-la dans ta maison pour la nuit, dit l'imam ou le prêtre ou le rabbin.

– Dans ma maison ! s'écria l'homme, c'est impossible, il n'y a même pas assez de place pour ma famille. Nous dormons les uns sur les autres, avec une vache en plus, ce sera insupportable.

– Fais ce que je te dis et reviens me voir demain. »

Abdo pensa que le prêtre, le rabbin ou l'imam était sûrement tombé sur la tête, mais il fit quand même ce qui lui était demandé. Il revint le lendemain matin plus enragé que la veille.

«Combien as-tu de chèvres ?

– J'en ai trois.

– Ce soir, tu les feras entrer et dormir dans ta maison, avec ta vache et ta famille.

– C'est impossible ! cria Abdo le malheureux, avec la vache, je n'ai pu fermer l'œil de la nuit, avec les chèvres, je vais devenir fou.

– Fais ce que je te dis. »

Ce qui fut dit fut fait. Et l'histoire continue avec les poules et les moutons qui se sont retrouvés dans la maison d'Abdo qui devenait de plus en plus malheureux. C'est alors que le rabbin, le prêtre ou l'imam lui fit sortir, soir après soir, un animal de la maison. Et la joie de vivre d'Abdo le malheureux grandissait à vue d'œil, jusqu'au jour béni où il put dormir avec seulement sa femme et ses enfants. Ce soir-là, sa maison lui parut grande, même immense, et ses soucis bien petits.

Le malheur, c'est qu'Abdo le malheureux s'est très vite habitué à son bonheur... Parfois, quand j'entends quelqu'un se plaindre, moi y compris, je pense à cette histoire et je savoure le verre d'eau fraîche que je suis en train de boire.

Abdallah est venu nous rendre visite. Il vient presque chaque jour. Sur mes six enfants et cinq petits-enfants, c'est lui qui vient le plus souvent. Il habite près d'ici. Il m'invite souvent chez lui, mais je trouve toujours une raison pour ne pas y aller, je ne sais pas pourquoi. J'aime mieux que ce soit lui qui vienne. Il a passé un long moment à parler avec son père. Il est plaisant et doux, plein d'attentions, et si intelligent... quand il est dans une bonne phase.

Je les entendais discuter de loin de la séparation du Québec. Leur position est la même depuis quelques années : Abdallah est pour et Salim est contre. Salim dit qu'il aurait fallu proclamer la séparation le soir où le Parti Québécois a pris le pouvoir en 1976, que maintenant c'est trop tard. Abdallah explique à son père qu'ici, contrairement au Liban, c'est un pays civilisé et démocratique et que les choses ne se font pas sur un coup de tête en tirant un coup de fusil à n'importe quel moment, qu'il fallait passer par un référendum. Son père lui a répondu que l'indépendance ne se fera jamais, que les francophones n'ont pas assez de couilles et qu'il n'y a pas assez d'hommes forts parmi eux. Abdallah lui a répondu que l'indépendance d'un pays ne se fait pas seulement parce qu'il y a quelques hommes forts à la tête, elle se fait parce que le peuple le veut.

« Le peuple ! a dit Salim, le peuple boit sa bière et regarde la télévision ! Tant que les gens d'ici pourront se payer la bière, ils ne bougeront pas !

– On n'est pas du temps de la Révolution française où le peuple voulait du pain. L'indépendance d'un peuple, c'est un désir commun de se lever debout et de dire : "Je suis chez moi, je veux être capable de manger comme je veux, regarder la télé si je veux et boire de la bière à ma façon sans que personne vienne me dire quoi faire." Les Québécois ne veulent plus se sentir minoritaires, ça fait trop longtemps qu'ils le sont, ils ne veulent plus louer une petite chambre dans une grande maison. Ils veulent avoir leur propre maison, même si elle est plus petite. Nous, les immigrants, on devrait comprendre ce que cela veut dire ne pas avoir un pays à soi, se sentir minoritaires, étrangers...

– Et tu crois que tu te sentiras moins étranger quand le Québec deviendra indépendant ?

– Peut-être que non, dit Abdallah, mais je saurai au moins qui veut me garder étranger ! À présent, je me sens étranger avec des gens qui se sentent eux-mêmes des étrangers, assis entre deux chaises, ils sont eux-mêmes sur la défensive, c'est plus dur. »

J'aime les entendre quand ils ne se disputent pas. Abdallah s'enflamme un peu mais revient vite à sa voix du moment. Je préfère que Salim et Abdallah parlent politique plutôt que du travail qu'Abdallah pourrait faire... Salim revient trop souvent sur cette question alors qu'il sait très bien que cela ne réussit qu'à énerver tout le monde. Salim me semble toujours plus éclairé quand il discute de politique, sur les choses plus personnelles, son jugement est moins sensé.

«Quand je suis arrivé, a dit Salim, tous les manufacturiers, les grossistes avec qui je faisais des affaires ne parlaient que l'anglais, aucun directeur de compagnie n'était francophone, les factures, les noms des magasins, tout était en anglais. Pourtant, j'ai bien vu que le peuple, la majorité des gens du peuple parlait français. C'est pour cette raison que j'ai décidé de vous envoyer à l'école française, et aussi comme une espèce de gratitude envers ceux qui avaient accueilli nos ancêtres, soit dans leurs maisons, soit dans leurs étables, qui avaient sauvé de la mort et du froid certains d'entre eux qui parcouraient les campagnes avec des balluchons pour toute fortune. J'aimais mieux que vous appreniez d'abord la langue du peuple. La langue anglaise, vous l'apprendriez de toute façon en travaillant. Les Libanais qui nous connaissaient trouvaient que je faisais un mauvais choix, moi, je savais que j'avais raison, l'argent n'a jamais été la chose la plus importante de ma vie, et puis, j'avais participé à l'indépendance du Liban, moi, pendant qu'eux étaient ailleurs... Mais tu te rappelles, ils voulaient tous vous baptiser alors que vous l'étiez déjà dans notre religion. Mais pour eux, la seule religion, c'était la leur ! Si je ne m'étais pas retenu, je vous aurais tous mis à l'école anglaise !

– Ç'a bien changé depuis...

– Pour la religion, oui, mais pour le reste ! Ils sont toujours aussi frileux, frileux comme des pingouins.

– C'est qu'ils protègent leurs petits. Qu'est-ce qu'ils font d'autre, les immigrants ? Ils se collent les uns sur les autres pour ne pas laisser entrer le froid.

– Les immigrants, c'est normal, ils ne vivent pas sur leur terre.

– Les Québécois non plus. Avant eux, il y avait les Indiens, les Anglais les ont vaincus... et l'Amérique qui arrive de partout... Si nous, nous avons perdu notre pays, eux, ils n'en ont pas encore... y a de quoi avoir froid...

– Eh bien, qu'est-ce qu'ils attendent ? Qu'ils la fassent leur indépendance et qu'on n'en parle plus ! »

Salim est entré faire sa sieste et Abdallah est venu me tenir compagnie à la cuisine. Ce fut un après-midi tout en douceur comme je les aime.

Abdallah m'a raconté toutes sortes d'histoires qui m'ont fait rire. Il est paisible ces jours-ci, grâce à Dieu. Si la vie pouvait rester ainsi... Il a mangé un peu et m'a aidée à écosser les haricots. Et il est parti. J'ai continué à cuisiner seule dans le silence. Même s'il ne reste plus que Salim et moi, je n'arrive pas à cuisiner pour deux. Je me dis que, sur le nombre d'enfants et de petits-enfants, il y a des chances que l'un ou l'autre passe faire un tour. Si personne ne vient, je leur envoie par Salim des petits paquets remplis de nourriture.

Juste avant de partir, Abdallah m'a dit que, la nuit précédente, il a rêvé à notre départ du village et qu'il s'est réveillé en déclamant le poème qu'il avait récité ce jour-là. Il se rappelait avec fierté le petit garçon qu'il était. Debout sur une chaise au beau milieu de la place du village, il faisait solennellement ses adieux aux villageois, en son nom et au nôtre... Il se souvenait que l'instituteur l'avait aidé à rédiger son discours qui se terminait avec le poème qu'il avait écrit tout seul. Les villageois pleuraient. Ils voyaient partir une famille entière pour la première fois. Debout devant la porte de la cuisine que nous tenions fermée pour ne pas réveiller Salim, Abdallah m'a récité son poème et, pour un instant, je l'ai revu à douze ans, petit pour son âge, fier et droit, de beaux grands yeux intelligents avec une frayeur tout au fond qui ne l'a jamais quitté. À mesure qu'il les prononçait, ses mots venaient rafraîchir ma mémoire, enlever la poussière qui s'y était déposée, mais au fond de moi ces mots étaient encore gravés :

Ô ma lune si haute, brillante comme l'étoile
La séparation durera quelques jours, pensait-on
Pourtant que de mois et de nuits innombrables

Abdallah était ému, et moi aussi. Il avait presque les larmes aux yeux, et moi aussi. En le regardant partir, je me suis dit : « Quand Abdallah commence à trop se souvenir, ce n'est pas bon signe », mais j'ai très vite chassé cette pensée.

Partir pour toujours, partir en sachant qu'on ne reviendra pas... quel étrange sentiment... je l'ai vécu deux fois et la troisième sera la dernière... J'ai pleuré la première fois, la deuxième encore plus et la troisième, je ne sais pas encore...

Mes yeux ne voyaient plus, mes mains faisaient ce qu'elles avaient à faire. Beaucoup de choses à finir quand on doit partir pour toujours. J'ai tout fait. Les enfants ont faim, même le jour du départ, même quand on a la fièvre et que le cœur va éclater.

Étrange sentiment, différent de la peine, du chagrin, de la souffrance de tous les jours... Perdre un œil ou une jambe, et se voir en train de perdre son œil ou sa jambe, ce n'est pas tant la blessure qui fait mal que de savoir qu'on n'aura plus d'œil ni de jambe, savoir que c'est pour toujours, que rien ne sera plus jamais comme avant... comme si on assistait à sa propre mort... comme si une jeune fille voyait son visage de vieille femme...

Les mots se cachent semblables à l'aiguille glissant dans le foin.

Après le poème d'Abdallah, nous sommes partis. À dos d'âne jusqu'à Gharouda, puis en autocar jusqu'à Beyrouth. Mon frère Moussa, que Dieu lui accorde sa miséricorde, m'a beaucoup aidée en nous accompagnant jusqu'au port de Beyrouth.

Abdallah et Samira ouvraient la caravane, suivis de Samir et Farid, puis moi avec Myriam et enfin Moussa précédé de l'âne des bagages. Cinq ânes. Je nous revois comme si c'était hier.

Samir et Farid avaient l'air si heureux, peut-être à cause des cadeaux qu'ils avaient reçus de leurs amis.

Je les entendais parler et rire, ça me faisait du bien. Abdallah et Samira se disputaient comme toujours et Myriam était tranquille, serrée contre moi.

Gharouda, le plus gros village de la région, presque une ville, avec des rues, des automobiles et l'odeur de la benzine, j'y étais venue avec mon frère et ma sœur une douzaine d'années auparavant pour faire faire ma robe de mariée, mais Beyrouth, c'était la première fois que j'y mettais les pieds. En voyant ses rues étroites bondées de monde, pas un petit coin désert, sans verdure, accablée par la chaleur moite et une odeur à faire tourner de l'œil, je me suis dit que, si j'avais dû habiter la ville, jamais je n'aurais eu d'enfants. Les villes ne sont pas faites pour les enfants, je le pense encore aujourd'hui.

Comme le bateau ne partait que le lendemain matin, nous avons dû passer la nuit dans un hôtel. Quel hôtel ! J'étais vraiment contente que mon frère soit venu avec nous. Situé en plein centre-ville, cet hôtel et toute la rue étaient connus pour la prostitution bon marché, je l'ai appris plus tard, quand je suis retournée vivre au Liban.

Aujourd'hui, après quinze ans de guerre, il ne reste plus rien de cet hôtel, ni de cette rue, ni même du centre-ville...

Vingt jours de traversée avec cinq enfants de quatre à douze ans, sans savoir un mot d'aucune langue qui se parlait, avec escale de deux jours et changement de bateau, et à peine quelques sous en poche. Je ne sais pas comment j'ai fait... Les enfants jouent et se salissent, même dans un grand bateau propre. Tout était lisse et blanc dans ce bateau, excepté le long couloir de la cale qui menait à notre cabine. C'était là que les enfants jouaient. Le plancher jusqu'à l'intérieur de la cabine était enduit d'une substance rouge qui collait aux vêtements. Laver du linge est facile pour qui a ses deux mains, mais pour celle qui ne sait parler, comment trouver le savon, où laver le linge, où l'étendre pour qu'il sèche... sans parler du mal de mer... Ouf... je ne sais pas comment j'ai fait. ... Dieu est avec le faible pour étonner le fort... Il fallait le faire, je l'ai fait. Je gesticulais, je mimais et je faisais rire les gens, c'est tout de même mieux que de les faire pleurer... Pour la nourriture, aucune inquiétude, tout était prévu. Nous mangions des mets nouveaux chaque jour, dans une belle salle à manger toute blanche éclairée de lumières électriques qui scintillaient comme s'il y avait eu une fête trois fois par jour. À côté de nous venait toujours s'asseoir un grand jeune homme blond aimable et souriant. Il aidait les petits à manger avec des ustensiles, ce qui était nouveau pour eux. Je n'ai jamais su le nom de ce jeune homme puisque je ne lui ai pas parlé, mais en pensée je le remercie chaque fois que son image me traverse l'esprit.

Abdallah m'aidait beaucoup. Il savait lire et écrire, il réfléchissait bien et me donnait de bons conseils. Nous avions besoin l'un de l'autre. Ensemble, nous avions moins peur. Sans lui je ne serais jamais partie.

J'aurais préféré rester au village avec mes enfants et que leur père continue à nous envoyer de l'argent, mais Salim insistait et nous envoyait lettre après lettre. Abdallah me les lisait deux fois plutôt qu'une pour que je comprenne bien. Salim disait qu'il s'ennuyait, qu'il n'avait pas assez d'argent pour revenir au pays, qu'il ne pouvait plus vivre sans nous. Moi, je le pouvais, je n'ai jamais été aussi bien que les deux années que j'ai passées seule avec mes enfants.

Nous avions une belle vie tranquille et je savais trop bien ce qui m'attendait là-bas. J'en avais beaucoup entendu parler. Mon père, avant d'être prêtre, y était allé deux fois, mon beau-père, trois fois, et d'autres hommes. Des femmes aussi, mais je n'en ai vu aucune revenir.

Dans ce temps-là, je comprenais entre les mots. Bien sûr qu'ils avaient de l'argent en revenant, mais l'argent n'est pas tout. Ne pas savoir où dormir soir après soir, dormir dans les étables pour ne pas rester dehors, passer avec son balluchon de maison en maison hiver comme été, parler sa langue seulement en revenant à la ville pour s'approvisionner, et le froid et le silence, et s'ennuyer de sa famille, de ses amis, de tout ce que l'on a connu.

En plus, ces hommes-là n'avaient pas d'enfants. Moi, j'en avais cinq. Avec les enfants, c'est encore plus difficile mais, par d'autres côtés, plus facile, c'est vrai.

Je savais ce qui m'attendait... ce que l'œil n'a pas vu, l'intelligence peut l'imaginer...

Je suis partie quand même. J'ai plié. J'ai appris à plier. Ma fille, je crois que c'est Kaokab, m'a dit un jour : « Toi, mère, tu plies souvent mais tu ne casses pas. » Ça m'a étonnée. Moi, je pense qu'il m'est arrivé de casser bien des fois. En mille morceaux. Parfois je me demande comment je peux encore sourire et rire avec la gorge grande ouverte.

La vie est si courte... Jusqu'à l'âge de trente ans, je croyais que le monde finissait à Gharouda, à trois villages de chez nous. En arrivant à Beyrouth pour prendre le bateau, j'ai bien vu que le monde continuait. Nous avons traversé la mer. J'ai su plus tard que cette mer-là s'appelle Méditerranée, j'avais souvent entendu son nom dans les histoires. En Italie, nous avons changé de bateau et le monde devenait de plus en plus grand et moi, de plus en plus petite. Et puis, on ne voyait plus rien d'autre que l'eau et le ciel. C'était l'océan Atlantique. Un seul nom pour tout cela ! Moi, j'ai un nom, et l'océan a un nom...

Nous sommes arrivés à Halifax après vingt jours. Salim est venu nous chercher. Ça faisait presque deux ans que nous ne l'avions pas vu. Il était si heureux. Cinq enfants à embrasser en même temps. Il aime tellement les enfants, je ne sais pas comment il a pu vivre deux ans sans eux.

On a pris le train. C'était la première fois que je voyageais en train. Tout ce que je faisais et voyais, c'était pour la première fois. Une femme qui pense que le monde entier finit à trois villages de chez elle a beaucoup de choses à apprendre, à voir, à comprendre.

Le train a roulé jusqu'à Montréal et le monde a continué à s'allonger. Est-ce que ça finit quelque part, le monde ? Il y a tant de choses que je ne sais pas... La vie, celle qui nous est donnée à vivre, est trop courte... et le monde est trop grand...

Salim s'est mis en tête de trouver du travail à Abdallah. Ils sont partis ensemble chez le cousin de Salim qui, paraît-il, a un travail pour lui. J'ai dit à Salim que cela ne servait à rien, qu'Abdallah est incapable de travailler plus d'une semaine ou deux, qu'il fallait qu'il accepte son fils tel qu'il est, une fois pour toutes... Je pense que Salim ne fait pas la différence entre ses désirs et la réalité. Il est incapable de se mettre dans la peau de quelqu'un d'autre. Pour lui, Abdallah est un paresseux et un peureux, c'est plus facile à combattre que la maladie. ... Même l'épée n'arrivera pas à le toucher si les mots n'y sont pas arrivés... En cinquante ans de mariage, je n'ai jamais réussi à le faire changer d'idée sur rien. Je me demande à quoi je sers. Les discussions tournent vite en querelles. Nous bavardons parfois en prenant le café, mais c'est très rare que nous discutons. Dès que mes opinions diffèrent des siennes, il se fâche, élève la voix, et moi, je me tais. Lui qui aime tant discuter avec les étrangers, pourquoi ne discute-t-il jamais avec moi ? Avec les autres, il écoute et donne son opinion, avec moi, il n'entend pas ce que je dis et, de toute façon, c'est toujours lui qui a raison ! Autant parler à un mur...

Souvent, avec les autres, je l'entends vanter les mérites de la Mère... « mère de l'univers », « centre du monde », « mère du don et du pardon », et d'autres boniments du même genre. Ça me fait rire ! Si je comprends bien, le centre de l'univers doit rester immobile et muet pendant que les autres autour parlent, bougent et font ce qu'ils veulent...

Enfin...

Je crois que Salim est jaloux de l'attention que je porte à mes enfants. Je ne lui ai jamais fait de reproches, car je suis sûre que c'est plus fort que lui, il est jaloux même s'il aime ses enfants autant que je les aime.

La jalousie ! Dieu que j'en ai souffert quand j'étais jeune ! Juste à la pensée que Salim pouvait parler à une autre femme, la toucher, rire avec elle, j'étais torturée. J'avais beau essayer de me raisonner, c'était plus fort que moi. Il a fallu des années pour que ce sentiment disparaisse, comme de lui-même. Aujourd'hui je ne pourrais plus être jalouse de la sorte, ça fait trop mal pour rien... La vieillesse, quoi que j'en pense parfois, sert à quelque chose.

La jalousie de Salim n'est pas aussi intense que la mienne était, je ne devrais même pas l'appeler jalousie, c'est de l'attention qu'il voudrait avoir et qu'il n'a pas. C'est vrai que je suis plus préoccupée par le bienêtre des enfants que par le sien. Je le reconnais. Mais je n'arrive pas à me corriger.

À certains moments, j'ai l'impression que j'ai autant de haine pour Salim que j'ai eu d'amour pour lui. Une rancune, qui vient de je ne sais où, qui me brouille le cœur, que j'essaie de contrôler du mieux que je peux, et qui ressort parfois malgré moi dans mes gestes. À d'autres moments, je fais tout ce qui m'est possible pour qu'il soit heureux. Mes gestes tombent dans le vide comme des oiseaux morts. Alors je reste longtemps sans plus rien essayer... Est-ce qu'il fait quelque chose pour moi, lui ? Aucune petite attention, jamais, aucun geste affectueux, il est même jaloux de l'affection que mes enfants et petits-enfants ont pour moi. Souvent, les enfants oublient son anniversaire, le mien, jamais... Il dit que ça ne le dérange pas, mais c'est impossible, ça ne peut être vrai. À deux pas de la tombe, la plus petite marque d'affection est une gerbe de fleurs odorante.

Enfin...

La vie est trop courte pour la passer à se chicaner. Les gens du village de Salim, et plus tard ma belle-mère, aimaient la chicane, et Salim, c'est encore son passe-temps préféré. Je suis bien mal tombée. Plus de cinquante ans de mariage et je n'y suis toujours pas habituée. Je me disais : « N'écoute pas, laisse-les se quereller, et même si cela s'adresse à toi, laisse passer. ... Rends les choses difficiles, elles le seront ; facilite-les, elles deviendront faciles... » Répéter ces mots me calmait un peu, mais pour trouver cela facile et normal, il me faudrait rentrer dans le ventre de ma mère et renaître !

On ne peut pas revenir en arrière, je le sais, mais le meilleur repas du monde, même un festin, a mauvais goût si on le prend dans la discorde et la mauvaise humeur. Moi, j'aime mieux ne manger que des olives et du pain... dans la paix.

Depuis que nous sommes devenus vieux, Salim essaie de me convaincre que se chicaner c'est mieux que de s'ennuyer, qu'il vaut mieux sortir ce qu'on a de mauvais sur le cœur tout de suite, que les petites querelles ne sont qu'un jeu. J'ai beau essayer, je n'y arrive pas. Je me vois comme certains mauvais acteurs de la télévision. Salim, lui, me fait oublier qu'il est en train de jouer comme les bons acteurs.

La paix et la tranquillité de l'esprit, c'est ce que je souhaite aux gens quand je les salue et c'est ce que je voudrais qu'ils me souhaitent.

Salim se lève tôt. Il s'est toujours levé avant moi. Cela n'a pas changé depuis le début de notre mariage. Les yeux à peine ouverts, il se lève et va se préparer un café. Il ne m'a jamais fait de reproches parce que je me levais plus tard, ni moi parce qu'il se levait plus tôt. Je peux dire que c'est la seule chose de notre vie qui s'est toujours déroulée de la sorte, avec un certain ordre et un respect de l'autre.

C'est le moment de la journée que j'aime le plus. Étendue dans mon lit, seule, bien au chaud, à demi réveillée, à demi endormie, je sens l'odeur du café, peu à peu, puis beaucoup. J'ouvre alors les yeux et je regarde l'arbre devant ma fenêtre.

Quand les enfants étaient petits, je ne restais pas dans cet état bien longtemps, mais depuis que je suis vieille, sauf dans les périodes où Abdallah ne va pas bien, je peux savourer ces moments tant que je veux. Quelquefois je me rendors avec l'odeur du café dans les narines et quand je me réveille de nouveau, il n'y a plus d'odeur de café, plus de bruit, plus de temps. Alors je reste là, je ne bouge pas, je garde mes yeux fermés, je respire à peine.

Avant, je n'avais pas tellement le temps de faire des expériences. Avec six enfants, une mère n'a pas de temps pour elle-même. Son plaisir, c'est quand les autres sont contents. Sept personnes passent avant elle, sans compter les périodes où le cousin, l'aïeule, la cousine viennent passer quelques jours et restent des mois.

Maintenant, je peux prendre mon temps. J'apprivoise la mort. Je prends tout le temps qu'il faut pour essayer de sentir comment ce sera de ne plus rien ressentir...

Un enfant apprend à marcher, un vieux apprend à mourir. J'ai quelques années encore, et si Dieu allonge un peu ma vie, je finirai par apprendre. Je sais déjà que cette odeur de café me manquera, cet arbre aussi, celui que je vois en ouvrant les yeux... et le rire de mes petits-enfants.

Nous habitions Sainte-Thérèse depuis un an environ, chez ma belle-mère, en haut de son magasin. Aucune journée de joie ou même de tranquillité. Pas un jour sans disputes : ma belle-mère contre Salim, Salim contre les enfants et moi, ma belle-mère contre moi et les enfants, les enfants les uns contre les autres, et moi, en silence, contre moi-même, m'en voulant de ne pas être restée au village avec mes enfants. Même si tous les démons de l'enfer s'étaient donné le mot pour nous rendre la vie invivable, jamais je n'aurais dû accepter de partir de chez elle dans ces conditions. Quand je repense à tout cela aujourd'hui, je me dis que ma belle-mère ne devait pas être saine d'esprit pour faire une chose pareille : mettre toute une famille à la porte ! Quand le cœur d'une personne commence à durcir on ne sait pas jusqu'où cela peut aller.

J'ai rempli la grosse malle, j'ai roulé le tapis que ma famille m'avait donné à mon mariage, la seule chose que je possédais. Salim est allé chercher un taxi et nous sommes tous montés.

Il fallait trouver un toit avant la nuit. Louer une maison.

... Allah ne ferme jamais toutes les portes à la fois... Aveuglé par la peine et le désespoir, on ne la voit même pas, cette petite porte. C'était l'été, Dieu merci, c'était l'été...

Les enfants venaient de terminer leur première année à l'école. Il était à peu près sept heures du soir et nous avions presque fini de souper. Je n'ai jamais compris pourquoi certaines personnes choisissent l'heure des repas pour se quereller. On dirait qu'ils n'ont aucun respect pour la nourriture. Dans la famille de mon mari, c'est comme ça, dans ma famille, j'ai connu le rire et la bonne humeur. C'est peut-être le rire accumulé au cours de mon enfance qui m'a aidée à passer à travers les larmes. Mon père était de nature joyeuse, il aimait rire et plaisanter, pas du tout austère comme les autres prêtres. Un jour, pendant le carême, il m'a vue m'habiller pour l'accompagner à la messe, les yeux encore collés de sommeil. Il m'a dit : « Recouche-toi, ma fille, Dieu n'a pas besoin de tes prières, il a ses anges et ses saints, dors encore un peu, tu as beaucoup de choses à faire aujourd'hui, ta belle-sœur a besoin de ton aide. »

Depuis que je suis petite, il y a toujours quelqu'un qui a besoin de mon aide. Pourtant, combien de fois dans ma vie ai-je crié sans que personne vienne m'aider... chaque fois mes propres mains ont délié seules ma gorge en m'apprenant un peu mieux, chaque fois, la manière de faire. Longtemps j'en ai voulu au monde entier et encore plus à ceux qui auraient pu m'aider. Mais aujourd'hui, je suis à l'âge où l'on pardonne. J'aimerais être à l'âge où l'on comprend.

Si j'ai pardonné avant même de comprendre, c'est que je sais que la haine, le ressentiment, l'amertume et la rancœur n'apportent rien de bon à l'âme ni au corps...

Nous sommes passés devant l'église de Sainte-Thérèse et j'ai fait un signe de croix en pensant à ma mère. Les enfants étaient tous silencieux, comme par

miracle. Salim respirait fort et par à-coups, les sour-
cils rapprochés, le front plissé et sa pomme d'Adam
montait et descendait. Je ne voyais pas l'intérieur de
sa gorge, mais je suis sûre qu'elle était nouée. La
mienne aussi, je pense, mais je ne m'en souviens pas.
Je me souviens seulement que j'allais me réveiller...

Il y a vingt ou trente ans, je pensais que ma belle-
mère était une méchante femme, inhumaine. Ce qui
est peut-être vrai, mais maintenant je pense que Salim
et moi, nous étions deux idiots. ... Chacun sème son
verger avec sa propre intelligence... Nous n'avions qu'à
rester chez ma belle-mère jusqu'au lendemain, au
moins. Une dispute de plus n'aurait rien changé à notre vie. Salim serait parti seul pour chercher une maison et ensuite nous aurions déménagé tranquillement.

S'arrêter, regarder, penser, examiner calmement les
choses et ensuite prendre une décision, cela n'a jamais été la façon d'agir de Salim. Il s'emballe et ses
pattes de devant ne tiennent plus sur terre, comme les
chevaux dans les films de cow-boys. Salim est un
cowboy, et moi, celle qui lave la vaisselle et les verres
derrière le comptoir. Avec les années, j'avais tout
perdu, même ma volonté.

Aujourd'hui, mes deux pieds bien plantés au sol,
je dirais non. C'est tellement facile, après, mais de le
faire au moment même où le film de ta vie se déroule,
quand c'est toi qui es dedans...

Nous avons traversé des petites villes, des villages,
et passé devant des maisons très éloignées les unes
des autres. J'entends encore le silence. Personne dehors et aucune maison à louer. Un cauchemar au ra-
lenti, sans une parole, sans aucun bruit. Mon bébé
dormait dans mes bras, mes enfants étaient collés à

moi sur le siège arrière de la voiture, Abdallah était assis entre son père et le chauffeur de taxi.

Ce qui m'inquiétait le plus, ce n'était pas de dormir dehors, c'était Abdallah. Salim et moi, nous étions assez vieux pour endurer, les plus jeunes étaient trop jeunes, mais Abdallah n'était ni vieux ni jeune, il comprenait trop et pas assez. J'avais peur du mal que ça allait lui causer. Je revois sa petite tête bien droite, son cou maigre. Jamais il ne se penchait sur l'épaule de son père, il n'appuyait pas sa tête sur la banquette. Il ne faisait aucun geste pour essuyer ses larmes. Peut-être qu'il ne pleurait pas. Il était aux aguets et lisait tout ce qui était écrit.

Il n'y avait rien à louer.

Arrivés à Terrebonne, tous les enfants dormaient, sauf Abdallah qui se tenait la tête plus droite, le cou plus allongé. Nous avons sillonné les rues, l'une après l'autre. C'est dans cette ville que Salim avait loué un magasin deux jours auparavant. Je ne sais pas où il avait trouvé l'argent, mais il ne venait pas de sa mère, de là la plupart des disputes. Peut-être qu'il avait convaincu les grossistes de lui faire crédit. Salim a cette grande qualité : il est honnête et il inspire confiance. Et puis, je pense qu'une famille nombreuse a un ange pour la protéger...

Il faisait nuit. Salim est sorti de l'automobile et il est allé frapper à une porte où Abdallah avait lu : Maison à louer. Salim frappait de plus en plus fort, si fort que les voisins se sont réveillés. Le propriétaire habitait trois maisons plus loin. Il croyait rêver : une famille entière entassée dans un taxi qui voulait louer sa maison d'été, à minuit ! Il est allé chercher la clé et il a même baissé le loyer.

La maison était grande, humide, presque vide. Une seule ampoule était restée au plafond de la cuisine. Nous avons déroulé le tapis, j'ai aligné les enfants et je me suis allongée à un bout et leur père, à l'autre bout. J'avais roulé quelques vêtements pour faire des oreillers.

Dans le noir, j'ai entendu Abdallah dire à son père : « Dieu merci, nous avons un toit. » D'habitude, ce sont les parents qui remercient Dieu, pas les enfants...

Mon fils avait raison, nous aurions pu dormir sur le trottoir. Le chauffeur ne nous aurait pas laissés passer toute la nuit dans son taxi. Je me demande ce que nous aurions fait si Salim n'avait pas eu un peu d'argent, si ç'avait été l'hiver au lieu de l'été.

Dormir par terre ne m'a pas dérangée, il ne faisait pas froid. La première fois que j'ai dormi dans un lit, j'ai eu peur de tomber, c'était à Gharouda, quand j'y étais allée pour ma robe de mariée. Les gens qui nous recevaient, mon frère, ma sœur et moi, étaient des amis de mon père. Ils avaient une belle maison, en haut de la colline, avec des toilettes et un lavabo tout blanc à l'intérieur de la maison et des lits. J'ai aimé le lavabo et les toilettes mais pas le lit.

... Le chien se dresse, l'humain s'habitue... En une année chez ma belle-mère, j'avais eu le temps de m'habituer à dormir dans un lit et le plancher m'a paru dur. Ce n'était pas le plus dur pourtant. Je ne voulais pas que le soleil se lève, je voulais dormir pour toujours, ne plus me réveiller. Quelquefois les larmes ne montent plus jusqu'aux yeux. Il faut attendre un peu, se reposer. Même les larmes ont besoin de repos.

Cette nuit-là, j'ai fait un rêve qui me revient souvent, toujours le même, seul le lieu change : je marche avec un bébé dans les bras et je pleure en cherchant mon bébé que je ne retrouve pas... Mes pleurs me réveillent, parfois assise dans mon lit, parfois en train de marcher dans la maison.

Je me souviens de mon rêve, mais pas de ce que nous avons mangé le lendemain ! Est-ce que Salim est allé acheter du pain ? Est-ce que j'avais assez de lait pour mon bébé ? Est-ce qu'elle pleurait ? Je sais que ce matin-là j'ai regretté de ne pas allaiter. Le docteur avait dit de ne pas lui donner le sein, j'ai fait ce qu'il a dit parce que je croyais que tout était différent ici, que ce qui avait été bon, là-bas, pour mes cinq enfants ne le serait plus pour ma dernière du fait qu'elle était née ici. On aurait dit que je ne savais plus distinguer le bien du mal, je ne savais plus penser, je ne savais plus prendre de décision, je ne savais plus rien. J'avais oublié jusqu'à mon nom...

On a dû manger ce jour-là et les jours qui ont suivi puisqu'on n'est pas morts de faim. Je me souviens que Salim est parti travailler au magasin. Il a emmené Abdallah et Samira pour l'aider.

On dit qu'un maigre filet d'eau provenant d'une source vaut mieux qu'un lac qui se tarit. Les quatre cents dollars que son cousin lui avait prêtés n'allaient pas durer éternellement. Le loyer était payé jusqu'en septembre, le taxi avait pris une bonne somme, il fallait ouvrir le magasin le plus vite possible. Je ne sais pas comment Salim avait réussi à louer le magasin, tout ce que je sais c'est que nous avions un magasin sur la rue principale et un toit rue Wellington, avec une ampoule électrique, un gros poêle à bois sans bois, une table, deux chaises, pas de verres, pas d'assiettes, un vieux chaudron et une glacière sans glace. L'eau coulait du robinet, c'était plus facile que d'aller la chercher à la fontaine.

Les enfants jouaient sur la galerie qui faisait presque le tour de la maison. J'ai toujours trouvé ça beau, les galeries. On est en dedans et dehors tout à la fois. C'est une chance qu'il y en ait beaucoup dans ce pays, sinon les gens se verraient peu.

Je regardais les enfants jouer et je me disais : Comment font-ils ? C'est ce qui me fascine chez les enfants, rien ne les empêche de jouer.

C'était une maison d'été, je ne savais pas encore ce que ça voulait dire, et j'avais peur à l'hiver. Pour moi, une maison est une maison. On y habite toute sa vie. Celle des parents d'abord, puis celle du mari qui devient notre maison si tout va bien avec le mari. Quand on change de pays, on doit changer aussi tout ce que l'on connaît sur la vie. On doit apprendre vite. Ça ne m'a jamais dérangée, au contraire, j'aime apprendre des choses nouvelles.

«Quand on vit au Canada, il faut avoir son maillot de bain et son manteau de fourrure toujours prêts, pas très loin l'un de l'autre », nous disaient ceux qui revenaient au village. On riait parce que, au village, on ne porte ni maillot ni manteau de fourrure ; on ne comprenait pas. En vivant dans cette maison d'été, j'ai compris. Cette année-là, les changements de température étaient si brusques, si inattendus qu'il ne fallait peut-être pas de manteau de fourrure, mais des vêtements chauds. Et les enlever quelques heures après... De maillot, je n'en portais pas encore. ... Après quarante jours, ou tu les quittes ou tu fais comme eux..., c'est ce qu'on dit, mais pour me mettre en maillot, il m'a fallu un peu plus de temps.

Nous campions, un peu comme les Bédouins qui séjournaient quelques jours par année dans nos villages. Les Bédouins, eux, devaient monter et démonter leurs tentes, nous, nous avions notre grande maison d'été pour nous protéger de la pluie mais pas toujours du froid ni de l'humidité...

Septembre approchait. Nous sentions bien que l'hiver allait être rude. Salim en a parlé aux propriétaires du magasin et ils nous ont accueillis chez eux. Ils habitaient derrière le magasin de Salim et travaillaient dans leur cinéma situé juste à côté. Ils vivaient sur trois étages : un sous-sol aménagé qui faisait partie du cinéma, la cuisine et le salon au niveau de la rue et trois grandes chambres à l'étage. Ils nous ont laissé la cuisine et le salon qui donnaient sur le magasin et une grande chambre en haut. Ils ont gardé deux chambres et le sous-sol. Pour monter dans leurs chambres, ils devaient passer par notre cuisine.

Même des parents n'auraient pas fait mieux. M. et Mme Archambault, et Mme Morin, la sœur de Mme Archambault, ont été nos anges. Ils nous ont laissés habiter chez eux pour ainsi dire et le loyer était moins cher que dans la grande maison froide. C'était plus commode aussi, puisque Salim pouvait manger sans sortir du magasin.

Quand je pense à M. et Mme Archambault et à Mme Morin, je me dis que ce sont les meilleures personnes que j'ai rencontrées dans ma vie. D'une grande bonté. Et ce ne sont pas des Libanais ! Surtout quand ils parlent des gens d'ici, les Libanais aiment se vanter de leur générosité, qui fait partie de nos traditions, il est vrai. Ils ne semblent pas voir que la générosité des gens d'ici est plus discrète, qu'elle vient du désir de donner et non de la nécessité d'être bien vu. Pour moi, la bonté se place au-dessus de la générosité parce qu'elle n'a rien à voir avec les convenances. M. et Mme Archambault et Mme Morin n'agissaient pas pour être bien vus par leur entourage, mais gratuitement, par bonté.

M. et Mme Archambault et Mme Morin doivent être morts maintenant, ils étaient déjà vieux à l'époque. Dieu fasse qu'ils reposent en paix, je leur serai éternellement reconnaissante. Quelquefois, je rappelle leurs noms à mes enfants, juste pour la mémoire.

Six enfants et deux adultes vivant dans une chambre, un petit salon et une petite cuisine. Je bénissais les jours d'école où il ne m'en restait que deux. Les samedis et dimanches de pluie... j'aime mieux ne pas y penser.

Je faisais tout ce que je pouvais pour que nos trois anges ne soient pas dérangés et que leur vie soit agréable. ... Si ton ami est de miel, ne le lèche pas complètement... C'est valable même pour des anges.

Le manque d'espace était plus facile à supporter que le bruit. Quand Salim grondait les enfants, il faisait du bruit ; si la réprimande ne suffisait pas à calmer ses frustrations et la turbulence des garçons, ça faisait encore plus de bruit ! Une petite lueur, un soupçon de mauvaise humeur chez nos hôtes et mon estomac se nouait.

À cette époque, j'ai compris qu'il vaut mieux vivre dans une mansarde à soi que dans le château d'un autre. Ce n'est pas que M. et Mme Archambault se mêlaient de nos affaires – ils étaient si discrets en montant et en descendant l'escalier –, mais nous habitions chez eux, dans leur maison, c'était bien difficile de ne pas en tenir compte... et de laisser courir les enfants autant qu'ils le voulaient.

Ils ne se plaignaient jamais, c'est moi qui n'en pouvais plus. La situation n'avait pas l'air d'ennuyer Salim ni les enfants. C'est normal quand on est enfant. J'étais seule à me préoccuper du bien-être de nos hôtes.

Si au moins j'avais pu leur parler... J'arrivais à leur dire bonjour, je savais ce mot-là au moins, j'arrivais à leur sourire, et un sourire est un sourire dans toutes les langues. Ils voyaient bien que je n'étais pas muette, mais moi, j'aurais aimé être vraiment muette et sourde et aveugle. Ç'aurait été plus facile puisqu'il fallait que je fasse comme si je l'étais.

Peu à peu, nos trois anges se sont aperçus que vivre avec six jeunes enfants, un homme qui éclatait de colère très souvent et une femme qui travaillait du matin au soir en frôlant les murs était au-dessus de leurs forces et de leur bonté. Sans parler des amis de Salim qui venaient nous rendre visite et restaient parfois des semaines et des mois. Il faisait tout pour les retenir. Pauvre Salim ! il avait un tel besoin de parler, de se divertir, qu'il les suppliait presque de rester.

Quand je regarde tout cela aujourd'hui, je me demande comment on a pu vivre entassés les uns sur les autres. Où est-ce que je prenais l'air pour respirer ? Aussitôt la réponse me vient et je vois une petite bonne femme avec des cheveux gris et une vivacité peu commune : Mme Chevrette. Si, à cette époque, M. et Mme Archambault furent nos anges, Mme Chevrette fut notre soleil. Surtout le mien.

Mme Chevrette est la première vendeuse qui a travaillé au magasin de Salim. Par la suite, il y en a eu d'autres, mais Mme Chevrette était la plus drôle, la plus vaillante, la plus honnête, la plus loyale. C'est grâce à elle que nous nous sommes bâti une clientèle. Les femmes du voisinage venaient lui dire bonjour en passant et ressortaient du magasin après avoir acheté toutes sortes de choses. C'était une très bonne vendeuse et elle nous aimait tellement. Nous aussi, nous l'aimions tous beaucoup. Après l'école, mes enfants passaient d'abord voir Mme Chevrette. Parfois elle les aidait à faire leurs devoirs et à apprendre leurs leçons. Elle s'occupait de ce que nous ne pouvions faire, vu notre ignorance. Abdallah et Samira la remplaçaient quelquefois le samedi.

Abdallah m'a dit l'autre jour que «Chevrette» voulait dire « petite chèvre ». J'étais contente d'apprendre cela, d'autant plus que la chèvre est mon animal préféré. Si j'avais eu à lui donner un nom, je n'aurais pas trouvé mieux.

Salim avait en elle une confiance aveugle. Il partait des journées entières pour faire ses achats à Montréal et lui confiait le magasin. Mme Chevrette avait cinquante-neuf ans, mon âge et l'âge de Salim additionnés... Elle était une mère pour nous. Elle nous voulait du bien comme on veut du bien à ses propres enfants.

C'est elle qui m'a appris les quelques mots de français que je n'oublierai jamais parce qu'elle me les a bien enseignés. Elle faisait toutes sortes de mimiques, de grimaces, des gestes, même des jeux pour que je comprenne. Elle y mettait tant de cœur que je finissais par comprendre. J'ai appris : banane, sandwich, beurre, pain, manger, pas faim aujourd'hui, pas beau aujourd'hui, bébé pleure, les enfants, bon, pas bon, tomate. Elle m'a même appris à compter en français. Elle disait souvent : « C'est donc de valeur, c'est bien de valeur », avec chaque fois une expression différente sur le visage. Elle n'est jamais arrivée à me faire comprendre ce que cela voulait dire, ni à Abdallah, qui connaît très bien l'arabe et le français.

Je n'ai jamais vu personne d'humeur aussi égale. J'avais oublié qu'il était possible d'être content de vivre. Tout simplement. Les jours où Salim allait faire ses achats à Montréal, c'était paisible et doux. Nous nous parlions, beaucoup par gestes, et nous nous comprenions. Mon bébé dans les bras, je m'assoyais entre la porte de la cuisine et le premier comptoir, je regardais les clientes entrer, parler avec Mme Chevrette et finalement partir après avoir acheté quelques petites choses bizarres dont je ne savais pas l'utilité, mais l'argent rentrait...

Pour dîner, Mme Chevrette mangeait toujours la même chose, pendant des mois et des mois, et ça n'avait pas l'air de la déranger : deux tranches de pain blanc beurré avec une banane et un 7-Up, dans le même sac de papier brun qu'elle pliait et rapportait avec elle pour le ramener le lendemain matin. Les jours exceptionnels, elle mangeait une tomate au lieu de la banane et une petite boîte de sardines qui semblait être un festin juste à la voir ouvrir son sac et me dire : « Vous voulez un peu de sardine, madame Dounia ? » Jamais personne avant elle n'avait accolé madame à mon prénom. De coutume, c'est le nom de famille du mari qui l'emporte, et au Liban on m'appelait aussi Oum Abdallah. Mme Chevrette disait mon nom avec tant d'amour et de respect que je me sentais une femme exceptionnelle une journée par semaine.

Parfois, quand j'avais fait de bonnes choses pour notre souper de la veille et qu'il en restait, je lui en offrais. Elle laissait de côté son sandwich et dégustait avec des exclamations plein la bouche mais mangeait très peu. Elle me remerciait tant et tant que j'en étais intimidée. C'est ce que je trouve de remarquable chez les gens d'ici : ils sont reconnaissants pour la moindre petite chose qu'on leur donne.

Kaokab, la benjamine, est venue me prendre dans sa nouvelle auto pour m'emmener chez elle. Elle veut que je lui apprenne à préparer les courgettes au yogourt qu'elle aime tant. Je préférais qu'elle vienne à la maison, elle a insisté, j'ai cédé. Comme on arrivait chez elle, le téléphone a sonné, puis un autre, puis un troisième. Résultat : je suis assise à l'attendre.

Chez mes enfants, surtout chez ceux où je vais plus souvent, je suis comme chez moi. Maintenant que je suis vieille, partout c'est ma place. Chez les étrangers, j'y vais rarement, seulement en visite, ce n'est pas pareil, je reste assise au salon, j'écoute les gens parler, je dis parfois quelques mots. Chez mes enfants, je peux passer une heure ou une journée ou même dix jours, et dès que j'arrive, je me sens bien. Je ne reste pas au salon. Je cuisine, surtout des plats qu'ils n'arrivent pas à se faire, je lave la vaisselle, même s'ils me disent de me reposer. Parfois, je ne fais rien, je regarde par la fenêtre, je les regarde vivre, je ris avec mes petits-enfants, ils m'enseignent de nouveaux mots, je fais exprès de mal prononcer pour les entendre rire.

Je ne me sens pas étrangère, c'est comme si je faisais partie de la maison. Salim, c'est tout le contraire, un quart d'heure après notre arrivée, il veut déjà repartir. Il ne peut jamais rester assis à ne rien faire, il n'est bien nulle part, même les enfants le sentent. J'aimerais tant que Salim soit heureux...

En vieillissant, je n'ai plus besoin de grand-chose. Regarder dehors, penser, respirer, je ne m'ennuie jamais. Presque jamais. Je ne sais pas pourquoi j'ai été si émue quand Myriam m'a demandé si je me sentais seule...

À l'occasion, je rencontre leurs amis. Ils me présentent en disant fièrement : « C'est ma mère. » Les amis me disent quelques phrases et, comme je n'arrive pas à répondre, mes enfants viennent à mon secours et ils enchaînent sur autre chose. Je me sens délivrée.

Je m'assois non loin d'eux et je regarde. J'aime bien rencontrer les amis de mes enfants, mais ce que j'aime encore plus, c'est de les voir avec leurs amis. Quand ils étaient jeunes, ils n'invitaient jamais personne à la maison. Peut-être qu'ils avaient honte de nous. Je ne les ai jamais vus parler ou jouer avec quelqu'un qui n'était pas de la famille. Même si, entre eux, ils parlaient une autre langue que la mienne, je ne voyais pas encore l'espace entre nous.

À cette époque, je n'avais pas le temps de penser à toutes ces choses, j'avais trop de travail et j'étais peut-être trop occupée par un mal sournois qui me prenait toute la tête et le cœur. Même les jours où tout allait bien, cette chose restait là, collée. Le soleil me manquait, je crois. Là-bas, tout se faisait dehors, pas enfermé entre quatre murs. On restait dans les maisons durant l'hiver, mais il était si court. Je ne sais pas comment cette noirceur a disparu, ni à quel moment j'ai commencé à voir qu'il y a un ciel, ici aussi, qu'il est même bleu parfois et très beau. Ça m'a pris une dizaine d'années, je pense. Dix ans sans ciel, c'est long.

Depuis quelques années, j'ai le temps de «philosopher», comme dit Salim pour me taquiner. Et pourquoi n'aurais-je pas le droit de philosopher, j'ai vécu les trois quarts d'un siècle !

L'espace qu'il y a entre nous, je le vois surtout quand mes enfants sont avec leurs amis. Chaque fois, sans que j'y fasse attention, une question me revient : Celle-là qui parle, celui-là qui rit dans une langue que je ne comprends pas, est-ce bien ma fille, est-ce bien mon fils ? Est-ce que je suis bien sa mère ?

Mes enfants sont sortis de mon ventre, je les ai nourris de mon sein, c'est sûr, mais à part ce que je ne peux nier, qu'est-ce qui fait que je suis leur mère ? Parce que je les aime et qu'ils m'aiment ? J'aime l'arbre qui grandit lentement devant ma fenêtre, j'aime les oiseaux. Je les regarde tous les jours de la fenêtre de ma chambre, ils sont beaux et je les aime... Alors aimer ce n'est pas suffisant, il y a sûrement autre chose, mais je n'arrive pas à savoir quoi. Si je les avais adoptés et non portés, est-ce que je serais leur mère ? En cas de danger extrême, question de vie ou de mort, est-ce que je donnerais ma vie pour un de mes enfants ? Je pense que oui, mais comme je n'ai jamais eu à le faire, je ne sais pas comment j'agirais en de telles circonstances. Chaque fois que ces choses me traversent l'esprit, je pense à cette chatte que l'on a enfermée dans un four avec son chaton. La chaleur est venue progressivement par la plaque du bas. Au début, la chatte a protégé son chaton, elle le prenait entre ses dents, sur son dos. Lorsque la chaleur est devenue insupportable, la chatte est montée sur le dos de son chaton, l'a mis sous ses pattes pour ne pas se laisser brûler...

Est-ce que je pourrais donner ma vie pour un de mes enfants ?

Si Kaokab continue à parler, adieu les courgettes ! Je ne sais pas comment elle fait pour parler autant, elle doit être épuisée !

Dans les villages, n'importe qui arrive chez vous n'importe quand, ici, les gens téléphonent n'importe quand pour n'importe quoi...

J'aurais pu commencer seule, mais elle me l'a interdit. Elle veut tout voir. Mes moindres gestes. Ce n'est quand même pas une bombe atomique, seulement des courgettes au yogourt !

Enfin...

Je ne suis pas souvent venue chez Kaokab. Avant, elle habitait avec des amies et ensuite avec des hommes. Je m'arrangeais toujours pour refuser ses invitations sans laisser voir mon malaise. Aller chez des gens que je ne connais pas me gêne. Maintenant, elle a un bel appartement à elle, depuis qu'elle est professeure. Son amoureux du moment vit sûrement avec elle... Je vais finir par m'habituer... Avant de m'inviter, elle précise : « Je suis seule aujourd'hui. » Elle connaît mon malaise sans que j'aie eu à le dire. Si elle se mariait, ce serait quand même plus facile...

Enfin...

C'est pareil avec Farid, je ne sais jamais qui sortira de la chambre à coucher. De toute façon, Farid ne m'invite pas chez lui, et c'est tant mieux, car, en sa présence, je m'ennuie. Il ne parle pas, et son silence, son retrait, me plonge dans un état que j'ai déjà connu, un désert ni chaud ni froid, où je ne sais plus qui je suis, où je meurs seule sans que personne vienne m'enterrer... où la mort même m'est indifférente...

Enfin...

Avec Kaokab, c'est tout le contraire. Juste l'entendre rire me réconforte, même si je trouve que j'aurais mieux fait de rester chez moi, aujourd'hui ! À la maison, les courgettes seraient déjà en train de cuire...

Je pourrais peut-être commencer à compter les livres... Les compter me prendrait une journée, les lire, au moins dix vies... Des murs entiers, comme chez Myriam. Où est-ce qu'elle a trouvé le temps de lire tout ça, elle qui court sans arrêt ?

Avec tous ces livres, tous ces mots, toutes ces pensées, toutes ces histoires, pourquoi le monde ne va-t-il pas mieux ? C'est ce que je me dis chaque fois que j'en vois autant à la fois. Peut-être que ceux qui font le mal ne lisent pas, trop occupés à faire le mal... Mais alors, pourquoi tous ces livres ?...

Un jour, mon père m'a demandé pour je ne sais plus quelle raison : « Tu sais lire, Dounia ? » J'ai dit : « Non, père. – Comment ? tu ne sais pas les lettres de l'alphabet ? » J'ai dit : « Oui, je connais l'alphabet. – Bon, alors, tu sais lire ! Les mots sont des lettres mises côte à côte et les phrases sont des suites de mots. Prends un journal et lis. » Un paroissien est entré, finie la leçon de lecture ! Mon père ne s'était même pas rendu compte que je n'allais plus à l'école et ne m'a pas incitée à y aller. « Prends un journal et lis », facile à dire ! Je mets une heure à déchiffrer une ligne, et j'ai déjà oublié le premier mot quand j'arrive au troisième... Un jour, je me suis enfuie de l'école pour échapper à une bonne raclée ; j'avais si peur de l'instituteur qui nous battait avec une furieuse bonne conscience... pour qu'on apprenne mieux ! Et je n'étais pas très douée. Au fond, ça arrangeait tout le monde, moi y compris, je préférais m'occuper des enfants de Moussa parce que ma belle-sœur avait trop à faire... et aller aux champs à la saison des récoltes.

Je ne me serais même pas aperçue que je suis ignorante si je n'avais pas émigré ! Les livres ne tapissaient pas les murs comme chez mes filles, mon père en avait quelques-uns dans l'armoire de sa chambre avec ses objets d'église, c'est tout.

Mon père nous parlait souvent d'Ibn Arabi, d'Omar Ibn al Khattab, du sultan el Rachid, du prophète Mouhammad, de Jésus et de sa mère et de Marie-Madeleine, et de bien d'autres encore. C'est merveilleux parce que, même si ces gens-là sont morts depuis longtemps, ce qu'ils ont dit ou fait est transmis de l'un à l'autre...

Je ne me souviens pas en détail de toutes les histoires, mais j'en ai retenu des bribes qui sont entrées dans ma tête sans que je me force, sans que l'instituteur me frappe. Il y en avait une sur le sens de la justice qui m'avait beaucoup étonnée quand j'étais petite et qui continue de m'étonner. Pourquoi est-ce celle-ci qui me revient à la mémoire et pas une autre ? Si la vie demeure une énigme pour moi, la mémoire, c'est l'énigme de l'énigme...

Omar Ibn al Khattab, je crois que c'est lui. Mon père l'aimait beaucoup parce que, même s'il était puissant, Omar était resté humble et près du peuple. Au fond, ce n'est pas important de savoir qui, si c'était Omar, ou Jésus, ou un inconnu dont on a oublié le nom, ce qui est important, c'est que leurs actions et leurs paroles illuminent encore nos cœurs et nos pensées.

On devait agrandir une mosquée en Syrie, en Irak, je ne sais plus où exactement, et pour ce faire on devait démolir la maison qu'habitait un vieil homme de religion juive, je crois. Mais cet homme aimait sa maison et son quartier et ne voulait pas partir, même avec un bon dédommagement. Alors l'homme est allé voir Omar, l'émir des croyants, et lui a tout raconté. Omar a vu que le vieil homme avait raison et il a donné l'ordre de tout arrêter en disant ces mots que mon père a souvent répétés : « Que tombe la mosquée mais que la justice ne meure jamais. » Qu'un lieu de prière soit construit sur l'injustice faite à quelqu'un n'était pas chose que pouvait accepter cet homme plein de sagesse. Il s'est sans doute dit que l'on pourrait construire la mosquée ailleurs sans problème.

Si les Juifs, qui sont venus prendre les maisons des Palestiniens quand j'étais petite et même quand j'ai grandi, avaient entendu parler de cette histoire, peut-être qu'ils n'auraient pas fait ce qu'ils ont fait. Je dis les Juifs avec les Palestiniens, mais je pourrais dire les Turcs avec les Arméniens, les Allemands avec les Juifs, les Irakiens avec les Kurdes, les Américains avec les Irakiens ou les Vietnamiens, les Anglais et les Français avec les Indiens d'Amérique, les Blancs avec les Noirs. Et bien d'autres encore.

Tout ce que je sais sur l'histoire des humains, je l'ai entendu de mon père, de Salim, d'Abdallah, et parfois à la radio, à la télévision. Les hommes ne changent pas beaucoup, mais un peu quand même. Il n'y a plus d'esclaves, on ne peut plus acheter un humain comme on achèterait un kilo de patates, mais il y a tant d'humains qui se vendraient à force d'avoir faim. Les femmes et les enfants ont un peu plus de droits qu'avant. Maintenant, une femme vaut un homme et un enfant est une personne...

Ce que j'aime de Salim, c'est qu'il lit beaucoup et m'informe sur ce qui se passe dans le monde. Abdallah aussi me parle beaucoup, dans ses moments calmes, il me met au courant, il m'instruit. Tous mes enfants et petits-enfants m'apprennent des choses, chacun à sa manière. Il y a aussi la télévision qui me permet de voir des pays que je n'aurais jamais visités, des animaux, des poissons, des oiseaux, le fond de la mer et les autres planètes...

Kaokab s'est excusée vingt fois, elle m'a embrassée trente fois, elle m'a fait rire et elle est déjà pardonnée. Si elle n'avait pas été ma fille, je serais partie depuis bien longtemps... Je lui ai seulement dit que les répondeurs avaient quelquefois leur utilité, que Myriam était très contente du sien. « J'en veux un, je n'ai pas encore eu le temps. » Ma fille Kaokab est une jeune femme moderne, comme on dit, elle court tout le temps et n'a jamais de temps. Mes enfants sont tous modernes, chacun à sa manière, ils veulent tous attraper quelque chose qui va encore plus vite quand on va vite, qui ralentit quand on ralentit, qui a la queue plus glissante que le bonheur...

Kaokab m'a servi un petit verre de vin doux, un apéritif comme elle dit, mais j'ai l'impression que l'apéritif restera sans suite, car les courgettes sont encore très loin du feu. Les blanchir, les vider, frotter l'intérieur de chaque courgette avec une sauce à l'ail,

préparer la farce en découpant la viande en tout petits morceaux, à la main et non à la machine, les farcir, préparer le yogourt, le faire cuire en le brassant
sans arrêt pour ne pas qu'il fasse des grumeaux. Sans
compter que le yogourt n'est même pas fait, et ça
prend de trois à quatre heures à fermenter !

Kaokab revient de la cuisine avec un air malicieux
et un litre de yogourt dans chaque main. La vie moderne a quand même certains avantages. Je n'ai jamais
cuisiné avec du yogourt fabriqué dans une usine.
Avec Kaokab, je dois m'attendre à tout !

Le magasin marchait bien, grâce à Dieu, grâce à Salim qui travaillait très fort et à Mme Chevrette qui l'a beaucoup aidé. Nous avons pu louer une maison avec trois petites chambres à coucher, un salon, une cuisine et un sous-sol en ciment où les enfants allaient jouer. Ce n'était pas un château, mais les enfants pouvaient courir sans déranger personne. Cet été-là, il a fait très beau. J'ai planté des légumes au fond de la cour et je pouvais arroser les tomates et le persil avec un tuyau de caoutchouc. Juste à le tirer doucement, ouvrir le robinet, et j'avais autant d'eau que je voulais. Un rêve pour la fille des montagnes que j'étais et que je suis encore.

De maison en maison, c'était de mieux en mieux. Sept maisons en quinze ans. Des rideaux suspendus aux fenêtres, je n'en ai jamais eu. Dans aucune des maisons. C'était un rêve, un tout petit rêve. Ce n'est pas que j'aime les rideaux. Ça ramasse la poussière et la poussière, ce n'est pas bon pour la santé, mais pour moi, à cette époque-là, avoir des rideaux à ses fenêtres, c'était s'installer vraiment, appartenir au pays, être comme les autres, se sentir chez soi. Il me semblait que si nous arrivions à accrocher enfin des rideaux, nous serions heureux...

Les rideaux, c'est ce qui m'a paru le plus différent de tout ce que j'avais connu jusqu'alors. J'en voyais partout, même dans les émissions de télévision : *Father*

Knows Best, La famille Plouffe, même Jacky Gleason en avait. Nous, jamais. Le temps d'en acheter n'arrivait jamais. Nous déménagions toujours avant et Salim disait que c'était des dépenses inutiles puisqu'on allait bientôt retourner vivre au Liban... Pour me consoler, je me disais : « Toutes les maisons ont des rideaux et le soir, tout le monde les ferme, donc personne ne nous voit. »

J'admirais les Canadiens français, les Québécois comme dit Abdallah, qui avaient toujours de jolis rideaux. Je n'ai jamais compris pourquoi ils déménageaient si souvent, mais ce qui me surprenait encore plus, c'est qu'à peine arrivés dans leur nouvelle maison ils s'installaient comme s'ils allaient rester là toute leur vie. Ils repeignaient les murs, décoraient et accrochaient leurs rideaux. Je les enviais un peu... J'ai fini par me dire qu'ici les rideaux, c'est peut-être comme un drapeau.

Maintenant que nous avons assez d'argent pour en acheter, que nous sommes allés vivre au Liban et que nous sommes tous revenus, que nous déménageons moins souvent, je suis devenue allergique à la poussière...

Les affaires de Salim allaient de mieux en mieux. Les enfants l'aidaient beaucoup. Sans Abdallah et Samira qui avaient quitté l'école pour travailler, il n'aurait pas pu ouvrir un deuxième magasin, puis un troisième dans une ville voisine. Beaucoup de gens s'étonnent que des immigrants arrivés avec rien en poche améliorent très vite leurs conditions matérielles. Ils oublient l'apport des enfants... Ce n'était pas dans nos coutumes de les payer pour travailler, alors on ne les payait pas. J'ai su beaucoup plus tard que cela ne se faisait pas ici.

Salim avait moins de préoccupations financières et il était doux avec moi. Parfois, il me regardait comme s'il me voyait pour la première fois. Il m'a même acheté un manteau de fourrure parce que je n'arrivais pas à m'habituer au froid. Peut-être que je ne sortais pas assez souvent.

On dit que pour la femme aimée, même la lune est facile à bouger... La lune n'a pas eu le temps de finir son tour complet que Salim a recommencé à s'ennuyer. Il a voulu retourner au Liban ! En vacances, prétendait-il, mais je savais bien qu'il préparait notre retour. De retour de voyage, il me faisait penser aux députés qui, juste avant les élections, serrent les mains de tout le monde et promettent des merveilles. Avec des photos, des cartes postales, des cadeaux et de belles histoires de soleil, de vergers, de restaurants au bord de la mer, il nous a tous séduits. C'est vrai que les photos étaient belles...

Mes souvenirs me reviennent, toujours les mêmes, comme s'il ne me restait plus qu'une seule image pour chaque période de ma vie. Des années et des années de vie disparaissent de ma mémoire, ou plutôt se changent en quelques images que je sens plus que je ne vois.

Si je regarde vite, je ne vois que le centre de l'image. Le centre est toujours une émotion que je revis chaque fois que cette image me traverse l'esprit. Si je prends tout mon temps, j'arrive parfois à déceler des détails que je n'avais pas vus et que j'ai sans doute vécus... Il y a sûrement encore autre chose...

J'aimerais élargir mes images, pour mieux comprendre avant de mourir. Juste pour le plaisir de comprendre. Pour savoir pourquoi j'ai souffert, pourquoi j'ai parfois envie de quitter ce monde.

Salim part pour le Liban, je reste ici avec les enfants, Abdallah et Samira ont la responsabilité des magasins. Le souvenir s'arrête là. Jusqu'à maintenant, je l'ai toujours vu ainsi...

Si je regarde plus attentivement, je vois deux adolescents un peu plus vieux que Véronique et Amélie... Deux enfants faisant marcher trois magasins pendant plus de deux mois ! Comment ai-je pu le laisser partir ? Est-ce que j'étais consciente de la situation ? Est-ce que j'ai essayé de le convaincre d'attendre que les enfants grandissent ? Et Salim, qui se dit un bon père, comment a-t-il pu tout laisser sans se poser de questions ? Et rendu là-bas, comment a-t-il pu jouer au riche, dilapider joyeusement l'argent que les enfants avaient gagné tout autant que lui ? Ça ne changera rien, peut-être, mais j'aimerais comprendre pourquoi je n'ai rien dit, pourquoi j'ai laissé faire...

Mon passé n'est volumineux que par le nombre d'années, et mon avenir est si ténu...

Quand j'ai dit «Mettez-moi dans un hospice », je n'ai pas dit le fond de ma pensée, mais ce qui semblait convenir à mes enfants. Je me suis mise à leur place, oubliant la mienne. C'est ce que je fais toujours. Je ne voulais pas qu'ils sentent que leur mère pourrait devenir un poids plus grand qu'il ne l'a été.

J'ai toujours eu besoin de mon mari et de mes enfants pour la moindre action à l'extérieur de la maison : aller chez le médecin, le dentiste, le coiffeur, le moindre vêtement à acheter, payer un compte, téléphoner au plombier, lire une lettre, je ne peux rien faire seule. Un jour, j'ai composé le 9-1-1 et on ne m'a pas comprise quand j'ai donné mon adresse... Je ne sais rien faire seule.

La plupart du temps, mon mari et mes enfants s'occupent de tout sans que j'aie à insister, mais je ne trouve pas cela normal.

Cette sorte de dépendance, même si je m'y suis un peu habituée, m'est encore difficile. Le jour où mon corps me trahira et qu'il m'empêchera de faire mon travail dans la maison, comment vais-je pouvoir le supporter ? Devenir plus dépendante que je ne l'ai été ? Ce sera insupportable. Me résigner à être un jour inutile ? Complètement inutile ? Je ne le peux pas.

Je comprends pourquoi beaucoup de vieux perdent la raison.

Et je fais semblant d'être une femme sage que plus rien n'ébranle, qui se détache de la vie tranquillement... Et dire que certains me croient...

En coup de vent, Samir est venu me chercher pour garder Julien et Gabriel. Comme je m'y attendais, il a oublié de m'apporter ce que je lui avais demandé : des pots de verre et de plastique vides. Ils en ont toujours trop et, comme je n'achète jamais de produits préparés, je manque de contenants pour envoyer de la nourriture aux enfants. J'aurai tout le temps de remplir autant de sacs que je veux ce soir en les attendant.

Quand Amélie ne peut pas garder ses petits frères et qu'ils ne trouvent pas de gardienne, Samir, ou Jacinthe sa femme, vient me chercher à la dernière minute. Une grand-mère est faite pour ces moments-là, toujours disponible. C'est plaisant pour tout le monde. S'il me donnait un peu plus de temps pour me préparer, ce serait mieux.

Gabriel dormait déjà et Julien voulait bricoler. Pour trouver les ciseaux, il a fallu ouvrir toutes les armoires et tous les tiroirs. Mon Dieu, que de choses ! Cela me surprend chaque fois, et je crois que je n'arriverai jamais à m'habituer à la quantité d'objets, de produits que les gens entassent dans leurs maisons. Et tout ce que l'on jette ! Le nombre de tubes de colle, de scotchs tapes de toutes les dimensions, colle à plastique, à bois, à papier, colle pour ci, colle pour ça, qui finissent par sécher dans les tiroirs. Et c'est pareil pour tout. Les beaux sacs de papier, les sacs de plastique, les bocaux en verre et en plastique qui auraient fait des heureux au village. Nous n'avions que des contenants en terre cuite et en osier, on les utilisait et réutilisait. Tant de sprays, de bouteilles, de crèmes, de coton ouate pour les yeux, pour la peau, pour les oreilles ; et tous les papiers que l'on jette à peine utilisés. Les savons en poudre, en paillettes, en liquide, une sorte pour les toilettes, une autre pour les lavabos, une autre pour les planchers, une pour laver le linge à l'eau froide, l'autre à l'eau chaude, un liquide bleu pour les vitres, un autre pour le dessus du poêle, un autre pour l'intérieur du four. Un désinfectant pour ci, un désinfectant pour ça. Le nombre de disques, de cassettes, de vidéocassettes qu'ils enregistrent et qu'ils ne regardent jamais parce qu'il y a toujours de nouveaux films à voir. Les jeux, les jouets, les gadgets, les armoires et les coffres en débordent. Quand ils étaient petits, les enfants de Samir et de Myriam s'amusaient avec les chaudrons, les boîtes de carton...

Tant d'objets ! À quoi tout cela peut-il bien servir ? Pourquoi tant de choses ? Je n'arrive pas à comprendre que l'on ait besoin de tout cela. Ici, les espaces de rangement d'une maison doivent être aussi grands que l'espace pour vivre... Même moi, j'ai une machine pour laver la vaisselle, une pour laver le linge, une pour le sécher, une autre pour balayer, une pour broyer les pois chiches, une autre pour hacher la viande et une autre encore pour faire des jus. Et pourquoi ? Est-ce que je suis plus heureuse, moins fatiguée ? On a inventé toutes ces machines pour le confort. Mais le confort se paie, alors on travaille plus et on est encore plus fatigué. On ne peut plus revenir en arrière parce que les gens se sont habitués. Et chacun fait ce que les autres font... Qui veut fréquenter les borgnes doit se crever un œil...

De tout ce qu'on a inventé soi-disant pour nous faciliter la vie, c'est le téléphone que je trouve le plus extraordinaire. Depuis que les grandes villes existent, c'est la plus belle invention...

On n'a pas trouvé les ciseaux, un objet pourtant très utile. Julien a sorti ses crayons de couleur, des tonnes, il s'est mis à dessiner. Il dessine bien, comme son oncle Farid.

Quand j'ai un crayon dans la main, je dessine un oiseau. Toujours le même. Je lui fais une branche sous ses pattes. Je peux aussi dessiner des lapins, mais je les trouve moins beaux. Il y a deux ou trois ans, les enfants de Myriam étaient chez nous. David dessinait et Véronique lisait. Je ne sais pas au juste comment cela s'est passé, mais Véronique ce jour-là m'a appris à écrire mon nom. Depuis, j'écris mon nom quand j'ai un crayon dans la main.

« Qu'est-ce que ça veut dire, Dounia ? » m'a demandé Véronique en tenant ma main pour m'aider à former les lettres. J'ai compris sa question, mais je n'ai pas su répondre. Abdallah, qui était à la maison, a répondu à ma place. J'ai bien vu la surprise de Véronique qui a dit : « L'univers ? C'est un drôle de nom ! » Puis, après avoir réfléchi avec la même expression que sa mère, elle a ajouté : « Mais je trouve qu'il te va bien ce nom-là, on dirait qu'il est fait pour toi. » Abdallah a traduit.

Les oiseaux, c'est ce que je dessine le mieux. Je dessine des familles. Je vois bien qu'ils ne sont pas tous pareils, l'un avec un œil plus petit, l'autre avec une tête plus grosse. Des feuilles et des feuilles remplies de familles d'oiseaux. Un oiseau seul sur une grande feuille avec plein d'espace blanc autour de lui, je n'aime pas ça. Alors je continue, je lui fais un frère, une sœur...

La dernière fois que je me suis trouvée toute seule dans un espace blanc, mon frère Moussa venait de mourir. J'ai appris la nouvelle par téléphone. Je criais, je pleurais, personne n'est venu. Moussa, c'est le seul frère que j'ai vraiment connu, les autres ont tous émigré en Argentine quand j'étais petite. Moussa, c'est celui qui m'avait aidée quand j'avais besoin d'aide. Il est mort. Mort. Je ne le reverrai jamais. Trente ans sans le voir, et je gardais l'espoir. Si je n'avais pas eu ce coup de téléphone, j'aurais gardé l'espoir.

Est-ce qu'un oiseau a des larmes comme nous ? Salim n'était pas là ce soir-là. À cette époque, il allait et venait sans arrêt : Montréal, Beyrouth, Bir-Barra, son village, Montréal. Il cherchait une place où se poser, une place où il serait bien. Ici, il s'ennuyait de là-bas, là-bas, il s'ennuyait de ses enfants. J'étais seule ce soir-là. J'ai raccroché le téléphone. Et l'espace autour de moi est devenu si grand.

D'habitude, mes enfants sont toujours là quand j'ai besoin de quelque chose. Ils m'aident depuis qu'ils sont petits, que Dieu les préserve, eux et leurs enfants. Une mère sans instruction est une grande charge pour ses enfants, surtout une mère déplacée dans une langue étrangère. Ce soir-là, je ne sais pas ce qui est arrivé. Occupés, partis, je ne sais plus. Personne. Ou peut-être qu'ils ne sentaient pas l'importance de ce qui se passait. Ou peut-être que je ne leur ai même pas téléphoné. Je ne savais plus leur numéro, peut-être. Je ne savais plus rien. Une trop grande souffrance peut rendre fou. J'étais habituée pourtant...

Chaque douleur est différente. Elle s'agrippe chaque fois dans une partie différente du corps. La mort d'un frère, tout le corps glisse, s'effondre, chaque petit morceau fait mal et ne fait pas mal... La mort d'un enfant... Non.

Est-ce qu'un oiseau tombe de l'arbre quand son frère meurt ? Est-ce qu'un oiseau meurt lui aussi quand son petit tombe de l'arbre et meurt ?

Est-ce qu'on peut s'habituer à la mort ?

Mon Dieu, faites que je meure avant mes enfants.

Julien voulait que je lui raconte une histoire avant de dormir. Je lui ai dit que je lui chanterais une chanson que je chantais à son père quand il était petit. Tout content, il a sauté dans son lit, a fermé les yeux et a attendu que je fouille dans ma tête pour la retrouver. Il dormait déjà avant la fin...

Samir ne parle presque jamais avec ses enfants. Qu'il soit à la maison ou en voyage, pour les enfants, ça revient à peu près au même, il est toujours occupé ou préoccupé. Je lui ai dit : « Mon fils, tes enfants sont ta richesse, ta seule richesse. » Il m'a répondu : « Tu as raison, mère », et il est parti travailler sans même jeter un regard sur Amélie qui était malade ce jour-là. Par chance, sa femme s'occupe bien de ses enfants. Mais elle aussi travaille à l'extérieur, toujours à la course, elle aussi. Je ne sais pas comment font les femmes d'aujourd'hui, juste les regarder m'épuise...

Quand je pense à Samir avec ses enfants, l'histoire de l'homme et de son cheval me revient. Je devrais peut-être la lui raconter au lieu de lui répéter « tes enfants sont ta seule richesse » qui n'a jamais rien changé...

Tous les jours, après l'avoir lavé, brossé et nourri, l'homme s'assoyait non loin de son superbe cheval et le regardait un long moment. Un jour, pour des raisons que j'ignore, l'homme a dû s'absenter pour un mois ou deux et il a engagé quelqu'un pour s'occuper de son cheval. Après lui avoir montré comment faire et lui laissant plus qu'il ne faut d'avoine et d'autres céréales, l'homme est parti. À son retour, le cheval était maigre, mal en point, le poil terne et n'avait plus rien du cheval superbe qu'il était. L'homme a tout de suite pensé que le gardien avait vendu l'avoine plutôt que de nourrir son cheval. Le gardien niait catégoriquement et clamait haut et fort qu'il l'avait bien nourri tous les jours. Ils sont allés voir le juge qui a demandé à chacun de lui raconter, en détail, une journée avec le cheval.

La seule différence que le juge a remarquée était l'attention bienveillante et le regard de l'homme pour son cheval. Il en est venu à la conclusion suivante : le gardien n'avait pas volé l'avoine, il avait bien nourri et lavé le cheval, comme il se devait, mais il ne l'avait pas regardé... C'est la seule chose qui lui avait manqué, la seule, mais c'était suffisant pour que le cheval dépérisse tranquillement...

Au contraire de Samir, Myriam n'a d'yeux que pour ses enfants – et pour son ordinateur. Quand je la vois bavarder avec sa fille, son fils ou avec les deux en même temps, j'essaie de ne plus faire de bruit, de m'effacer. Et très vite ils m'oublient. J'attrape quelques mots mais pas le sens de ce qu'ils disent. Leurs sourires, leurs rires, je les capte, je les ressens au plus profond de moi. Je suis heureuse et, en même temps, j'éprouve de la nostalgie, le regret de ce que je n'ai jamais vécu et que j'aurais tant aimé vivre.

Je me revois petite, sans mère, et je revois mes enfants, sans mère eux aussi. Ma mère et moi, nous parlions la même langue, mais elle n'était plus là pour me parler. Quand je suis devenue mère à mon tour, je n'étais pas là pour mes enfants. Je les ai nourris, c'est tout, je ne leur ai pas parlé, nous n'avons jamais parlé ensemble. Je suis passée à côté de quelque chose que je ne pourrai jamais rattraper. Quand je suis sortie de ma prison, il était trop tard, mes enfants étaient déjà grands. Je sais que la langue a été une barrière, mais le malheur aussi. Le malheur est un mur infranchissable, une prison avec une porte verrouillée à plusieurs tours. Il faut faire son temps. Après, la porte s'ouvre, et on est délivré. Pendant que l'on est dans le malheur, on essaie de ne pas mourir, au cas où l'on pourrait en sortir un jour. Pourtant, on est sûr que c'est pour toujours, alors, ce que je me demande aujourd'hui, c'est : « Pourquoi continue-t-on à vivre puisque l'on est sûr que le malheur durera toujours ? »

Peut-être que mon souvenir de cette époque est pire que ce que j'ai vécu réellement, peut-être que l'espoir et le désespoir ne font qu'un et que nous les vivons tour à tour ou en même temps... Le malheur m'a fermée à la vie, et dans cette fermeture se trouvait la force de continuer à vivre...

C'est très rare que Samir et sa femme reviennent à l'heure dite. Tant mieux, qu'ils en profitent ! C'est bizarre comme les heures passées à les attendre sont différentes des heures que je passe chez moi. Très souvent, je suis seule, et la soirée file à toute vitesse. Je ne regarde jamais l'horloge...

J'avais à peu près douze ans, maigre comme un bâton et noire comme du goudron, mais à cette époque-là, je n'avais aucun complexe, comme disent ceux qui sont allés à l'école. Un jour, j'ai demandé à mon père : « Qui aimes-tu le plus de tous tes enfants ? » Il a répondu : « J'aime le petit jusqu'à ce qu'il grandisse, le malade jusqu'à ce qu'il guérisse et l'absent jusqu'à ce qu'il revienne.

– Et moi ? Je ne suis pas petite, je ne suis pas malade, je suis à côté de toi.

– Le petit devient grand, le malade finit par guérir, l'absent finit par revenir, mais toi, tu es toujours mon enfant, jusqu'à la mort, même au-delà de la mort. »

Il m'a flatté les cheveux et ça m'a fait un frisson tout le long du corps. C'était très rare qu'il me touchait. Je pense même qu'il ne m'a jamais embrassée. Moi, je lui embrassais la main, parfois, comme ceux qui venaient lui rendre visite. Mais je savais qu'il m'aimait. Je le savais.

L'autre jour, Amélie a posé cette même question à son père. Il l'a regardée d'une étrange façon, la question l'a surpris. Il lui a répondu qu'il l'aimait.

« Tu aimes Julien et Gabriel plus que moi, a dit Amélie.

— Tu es mon enfant, Julien et Gabriel sont mes enfants, je vous aime tous les trois pareil. »

Je comprenais tout : aime, enfant, plus, pareil, trois, des mots faciles. Amélie n'avait pas l'air satisfaite de la réponse de son père.

Aucun de mes enfants ne m'a jamais posé cette sorte de question. Peut-être qu'ils l'ont fait et que, sans même réfléchir, j'ai répondu : « Je ne sais pas, va demander à ton père. » Mais il me semble que je m'en souviendrais, puisque je me souviens du jour où moi-même j'ai posé cette question à mon père... J'aurais eu la même surprise que Samir et j'aurais répondu comme lui : « J'aime tous mes enfants pareil. » Mais puisque j'ai le temps de réfléchir, qu'il n'y a personne devant moi qui attend ma réponse, que c'est plutôt moi qui attends Samir qui n'est pas près d'arriver, j'ajouterai que je suis heureuse avec ceux qui sont heureux, malheureuse avec ceux qui le sont, que mon âme et mon cœur ont six morceaux, non, pas morceaux mais branches. J'ai un cœur à six branches et avec mes cinq petits-enfants ça donne onze branches.

Avec Abdallah, j'apprends le courage, avec Samira, j'apprends l'ordre, avec Farid, j'apprends le silence, avec Samir, j'apprends à penser à moi, avec Myriam, j'apprends à réfléchir, avec Kaokab, j'apprends à rire, avec Véronique, j'apprends l'intelligence, avec David, j'apprends l'amour, avec Amélie, j'apprends l'espérance, avec Julien, j'apprends à jouer, avec Gabriel, j'apprends à vivre.

Et moi, qu'est-ce que j'apprends à mes enfants ? Je les aime, c'est tout. Si, au moins, je pouvais leur éviter la souffrance, que ma souffrance les aide, au moins.

... N'enseigne pas à ton enfant, le destin s'en charge...

Ce que j'avais à vivre, je l'ai vécu, ce qu'ils ont à vivre, ils le vivront. C'est ainsi.

Mais à quoi sert d'être venue au monde avant eux ? C'est ce que je n'arriverai jamais à comprendre.

J'aurais tant aimé que quelqu'un me prévienne de la vie...

Quand j'étais une toute jeune fille, mon frère et moi accompagnions souvent le berger et nos chèvres à la montagne voisine. Le besoin que j'ai de voir loin et mon goût de la paix et du silence viennent peut-être de là. De voir mon village si petit m'a appris une chose : vus d'en haut, tous les fils et toutes les filles d'Adam sont bien petits. Et même Mounir Effendi qui se prenait pour un pacha avec ses habits toujours propres, ses moustaches bien lissées, son tarbouche sur la tête, ses coups de pied et son mépris des plus pauvres, même Mounir Effendi était un mortel aussi petit que les autres...

À peu près à la même époque, mon père remplissait parfois des paniers de provisions et nous demandait d'aller les porter à telle ou telle maison, chez des druzes ou des chrétiens, peu importe, mais en faisant bien attention que personne ne nous voie. Mon frère et moi étions fiers d'accomplir cette tâche sans être vus, mais nous ne savions pas pourquoi il fallait nous cacher. Quand, beaucoup plus tard, j'ai demandé pourquoi, mon père m'a dit ces mots qui me font encore réfléchir aujourd'hui : « Tout le monde pense que les pauvres ont besoin des riches, mais c'est le contraire. Je ne suis pas riche, je vis de ce que la terre et les animaux me donnent et de ce que mes fils m'envoient de l'Argentine. Mais j'en ai assez pour aider un tout petit peu ceux qui sont dans le besoin. Si ces gens avaient su que cela venait de moi, ils seraient venus me remercier alors que c'est moi qui les remercie, car ils me permettent de faire mon devoir.

« Recevoir est beaucoup plus difficile que donner, a dit mon père. Donner renferme un brin de vanité quand recevoir demande une grandeur d'âme. Être pauvre dans notre société et ne pas se sentir humilié demande déjà une grande force de caractère. C'est une grande épreuve. Ce n'est pas la peine d'en rajouter. » Puis il s'est mis à regarder le village. Comme nous étions sur le balcon d'en avant, nous pouvions voir quasiment toutes les maisons. Une centaine. La moitié abritait ses paroissiens.

« Il n'y a pas une seule maison qui n'a été construite ou reconstruite sans l'argent de ceux qui se sont expatriés. Notre pays est convoité par plusieurs et, pourtant, nous qui habitons ici, nous avons besoin pour survivre des autres pays comme le Brésil, l'Argentine, le Canada, les États-Unis d'Amérique, mais si on y pense un peu, eux aussi ont besoin de nous parce que, si tous les immigrés restaient chez eux, il n'y aurait pas assez de monde pour travailler dans ces contrées si vastes et peu peuplées. Tu vois, la souris a besoin du lion comme le lion a besoin des dents de la petite souris. ... Il n'y a de cailloux qui ne puissent servir de soutien à la jarre... et si la jarre n'est pas soutenue, on peut difficilement verser l'eau qu'elle contient. Comme disent les Hindous : Tout est lié et chaque être vivant a sa place et son importance. » Mon père nous parlait souvent de Gandhi qu'il admirait.

À part Abdallah, mes enfants se souviennent très peu de leur grand-père. C'est dommage...

J'ai toujours su qu'il est plus difficile de recevoir que de donner, mais je ne savais pas à quel point. Où trouver la grandeur d'âme ? Mon père disait ces mots quand il était encore en pleine forme. J'aurais aimé qu'il me parle de la grandeur d'âme de recevoir à la fin de sa vie. C'est vrai que les hommes sont plus habitués à recevoir, à se faire servir.

Quand j'étais petite, je ne pensais pas que j'allais devenir grand-mère, mère, oui, mais pas grand-mère. Je regardais ma grand-mère et je la trouvais tellement vieille, je me disais : Je ne veux pas vivre jusque-là. Je ne pensais pas que ça arriverait si vite... C'est quand même le seul bon côté de la vieillesse... pour le reste, on est obligé de se raisonner : c'est la vie, on ne peut pas faire autrement, tout le monde y passe, vivre c'est vieillir inévitablement... et mourir... Je me demande comment on peut se raisonner quand notre nez ne retient plus la morve et que notre vessie ne retient plus l'urine...

Un jour, mes enfants me nourriront comme je les ai nourris, me changeront les couches... Recevoir demande de la grandeur d'âme... Mon Dieu, faites que je meure avant !

Je suis venue au Canada en bateau avec cinq enfants, une quinzaine d'années après, je suis repartie en bateau avec quatre enfants. À peu près le même bateau, mais pas du tout le même voyage. C'était merveilleux. Un beau rêve qui aura duré dix-huit jours et dix-huit nuits. Mes enfants étaient grands, savaient lire et écrire, parlaient deux ou trois langues, et nous avions de l'argent. Samira s'occupait de tout en s'amusant et Samir, Myriam et Kaokab s'amusaient en ne s'occupant de rien. Je n'étais pas habituée à n'avoir aucun souci et à ne rien faire. La nourriture arrivait à la table. Nous n'avions qu'à manger, nous promener, nous reposer, regarder des films, contempler la mer et le ciel.

L'arrivée au Liban m'inquiétait quand même un peu. J'essayais de ne pas y penser, de profiter pleinement de mes vacances, comme disent ceux qui prennent des vacances. En vérité, je n'avais pas très envie d'aller vivre au Liban, je commençais tout juste à m'habituer à vivre au Canada, changer encore ne m'enchantait pas. Si mon père, mes frères et ma sœur avaient été au Liban, ç'aurait été différent, mais ils étaient tous rendus en Argentine. Et des amies, je n'en avais pas. Salim nous avait tellement bien parlé de son rêve qu'on a fini par y entrer. Je me suis dit, puisque mes enfants veulent aller vivre au paradis, je vais y aller, même en enfer, je les aurais suivis !

Les cousins de Salim étaient prévenus de notre arrivée et nous allions loger chez eux en attendant de louer un appartement. Je revoyais la période où nous habitions chez M. et Mme Archambault et j'avais des frissons. Je savais que les cousins habitaient un petit appartement dans un quartier bruyant de Beyrouth.

Abdallah était resté avec son père pour liquider les affaires, et Farid n'est pas venu avec nous pour que ma charge soit moins grande, mais, surtout, pour qu'il soit séparé de son frère Samir.

Je ne repense pas souvent à ces années où mes fils Farid et Samir étaient devenus des voleurs, des menteurs, des rebelles, des étrangers qui ne parlaient plus notre langue. La haine s'était installée dans leur cœur d'adolescent et nous ne savions plus comment les toucher, les raisonner. Ils passaient d'une maison de correction à une autre et se dirigeaient en droite ligne vers la prison. Que de nuits à les attendre, que d'heures passées à imaginer comment faire pour éviter le pire quand ils rentreraient. Salim devenait de plus en plus violent et eux, de plus en plus indomptables. J'avais si peur.

En les séparant, nous espérions qu'ils allaient retrouver le droit chemin.

Nous étions désemparés, impuissants. Nous avions le sentiment que nous allions les perdre à jamais. Je regrettais le temps où j'avais seulement à leur donner à manger pour les nourrir, mes fils avaient besoin d'autre chose, mais je ne savais pas quoi. Salim mettait la faute sur leurs mauvaises fréquentations, l'influence des gangs de jeunes qui n'allaient plus à l'école. Mais je savais qu'il y avait aussi ce qui se passait à la maison. Les valeurs que nous essayions de leur transmettre, parfois par la force, devenaient ridicules à leurs yeux. L'extérieur était plus attirant que tout ce que nous pouvions leur offrir. Salim avait tendance à tout embellir, à glorifier notre culture, nos coutumes, nos ancêtres et à déprécier par le fait même la culture d'ici. Ce qui les éloignait encore plus. Peut-être que je le faisais aussi sans m'en rendre compte.

Farid et Samir n'étaient pas assis entre deux chaises comme Abdallah et Samira, mais debout sur le dossier d'une chaise au milieu de la rue, prêts à chavirer. On aurait dit qu'ils n'avaient plus d'attaches. À l'extérieur, ils étaient vus comme des étrangers, « les frères syriens » comme les jeunes de leur âge les appelaient, et à la maison, ils se considéraient comme des étrangers. À tout prendre, ils préféraient être des étrangers à l'extérieur plutôt que de l'être avec nous. Petit à petit, ils nous ont glissé entre les mains.

Il leur restait l'attachement qu'ils avaient l'un pour l'autre. Alliés contre l'adversité, solidaires l'un de l'autre, l'un pouvait se laisser battre pour éviter à l'autre d'être battu. Les séparer me faisait mal parce que je savais ce que cela voulait dire d'être seul, mais il le fallait. Là-dessus, nous ne nous sommes pas trompés. Samir a repris ses études au Liban et, quelques années plus tard, il s'est marié, puis a eu trois enfants ; Farid n'a jamais aimé les études, n'a pas eu d'enfants, mais il a évité la prison. Il a gardé de cette époque une grande révolte intérieure. Parfois, je le regarde sans qu'il me voie et je me rappelle toutes ces années où j'ai eu si peur de le perdre. Je ne l'ai pas perdu, mais je ne l'ai pas tout à fait retrouvé...

Beyrouth ! Salim n'aurait jamais dû nous en parler ! Le port de Beyrouth au mois de juillet, un avant-goût de l'enfer. Après le calme du bateau et la beauté de la mer, la chaleur puante et moite. Nous étouffions. Je n'avais jamais vu tant de monde, entendu tant de bruit dans un espace si petit et si sale. Mes enfants voulaient reprendre le bateau et repartir. Moi aussi. Mais la mère que je suis leur a dit de patienter, que nous allions en sortir vivants, que ça allait être mieux chez les cousins. Ce n'était pas mieux chez les cousins. L'appartement était encore plus petit que je ne l'imaginais, bondé de gens qui étaient venus nous souhaiter la bienvenue alors que nous n'avions besoin que d'un peu d'air frais pour respirer...

En arrivant à Beyrouth, il nous a fallu tout de suite nous mettre au pas : il y a ce qui se fait et ce qui ne se fait pas, il y a une manière de se comporter en société, des convenances, ce que l'on doit cacher et ce que l'on peut dévoiler, ce qui est défendu et ce qui est permis. J'avais eu le temps d'oublier toutes ces règles. Parfois, je me sentais comme mes enfants, rebelle à toutes ces cérémonies qui n'en finissaient plus, à ces règles qui ne rimaient plus à rien, pour nous. Mais étant la mère, je me devais de donner l'exemple et je le faisais malgré moi, un peu à reculons, en essayant tout de même de ne rien laisser paraître.

Avais-je donc tant changé ou bien ai-je toujours été allergique à tant de décorum ? J'étais étonnée de me sentir si étrangère.

La langue n'était plus un obstacle et pourtant, très vite, je me suis aperçue que je n'avais pas d'affinités avec les gens qui parlaient ma langue. Sauf mes amies d'enfance que j'ai perdues, l'une partie, l'autre morte, je n'ai tissé aucun lien de réelle amitié dans aucun des deux pays où j'ai si longtemps vécu. Personne que je pourrais appeler «mon amie» comme Salim et les enfants appellent les leurs. Peut-être que Salim a raison, je suis une barbare, comme les Grecs appellent les étrangers. Il a sûrement raison, je suis barbare depuis si longtemps que je m'y suis habituée... et cela me plaît.

La vie à Beyrouth m'offrait quand même quelques avantages : je pouvais faire mon marché seule. Je n'avais pas besoin d'aller bien loin, au rez-de-chaussée de l'immeuble : l'épicier, le boucher, le boulanger. Ils me comprenaient, même si mon accent montagnard, mes vêtements à l'occidentale et le fait que je ne parle ni français ni anglais n'allaient pas du tout ensemble à leurs yeux...

Au Liban, on nous appelait « les Américains » ; au Canada, les premières années, on nous appelait « les Syriens » ; au village de mon mari, on m'appelait par le nom de mon village. Quand j'y pense, je n'ai été appelée Dounia que dans mon village natal...

Deuxième avantage : la radio et la télévision... Je pouvais suivre les informations sans toujours demander à Salim ou à Abdallah ce qui se passe dans le monde. Les émissions américaines que j'avais vues au Canada, je n'avais plus à en deviner les intrigues, je comprenais. Devant les émissions de comédie réalisées au Liban, je riais en même temps que tout le monde.

Autre avantage et parfois inconvénient : les voisins. Aller prendre un café chez des voisins ne m'était jamais arrivé en quinze ans de vie au Canada, et même depuis que je suis revenue. De petites choses qui font passer le temps agréablement... Mais des voisins qui ne décollent plus de leur chaise, qui veulent tout savoir, qui colportent les nouvelles, les amplifient, les déforment, qui parlent en mal des autres en leur absence, les flattent et les encensent quand ils sont là... Et tout à l'heure, ce sera au tour des « Américains » !

Beyrouth !... Quand j'étais petite, à défaut de colle toute préparée comme aujourd'hui, les gens négligents écrasaient des raisins secs pour coller ce qu'ils avaient à coller. Bien sûr, ça ne tenait pas longtemps. C'était pour sauver les apparences. Après des années au Canada, Beyrouth m'a donné l'impression d'une ville collée avec des raisins secs. J'étais étonnée de voir la différence entre la devanture et l'arrière des immeubles, comme s'il ne s'agissait pas des mêmes immeubles. Les façades étaient chic tandis que l'arrière des maisons était délabré, malpropre, des bouts de murs manquants, démantibulés. C'était bien avant la guerre, ces années où les banques se remplissaient avec l'argent du pétrole qui venait des autres pays arabes, où les riches devenaient de plus en plus riches et les pauvres de plus en plus pauvres. Pendant ces années-là, les nouveaux riches se multipliaient telles des sauterelles et se pavanaient en oubliant que le tarbouche de leur père était encore accroché à la branche du mûrier... Ils affichaient leurs nouvelles richesses, leur façade, en pensant que leur derrière ne se voyait pas. Pour le Beyrouth de cette époque – et peut-être même d'aujourd'hui, est-ce que quinze ans de guerre suffisent à changer les mentalités ? –, seule l'apparence comptait.

Je viens de la montagne, j'ai été élevée autrement. Je ne me laisse pas aveugler par les apparences. Mon père disait souvent : « Reçois l'inconnu à la mesure de ses vêtements et dis-lui adieu à la mesure de son intelligence »... L'apparence ne compte jamais longtemps...

Nous avons tous eu du mal à nous adapter à notre nouvelle vie, à notre nouveau pays, même Salim qui avait tant rêvé et nous avait fait rêver avec lui. Les seules choses qui n'ont pas démenti notre attente sont le climat et la beauté des montagnes. Les petits restaurants au bord de la mer existaient, il est vrai, on pouvait aussi faire du ski et aller se baigner le même jour, mais le temps de savoir où et comment, nous n'avions déjà plus d'argent...

Les Beyrouthins sont de vrais commerçants. Dans un pays où il n'y a aucune sécurité, aucune aide de l'État, où on rentre à l'hôpital avec une jambe coupée dans une main et son argent dans l'autre, sinon on reste dehors, c'est la loi de la survie, et c'est le plus fort qui l'emporte. Le plus « fort » est souvent celui qui ment le mieux, qui parvient à escroquer moins habiles menteurs que lui. Sans parler de ceux pour qui l'argent devient une drogue et qui en veulent toujours plus. Ils mentent autant qu'ils respirent, parlent pour séduire et pour mieux tromper. C'est la règle. Salim n'a pas voulu l'admettre avant d'être complètement déplumé. Il vient de la montagne lui aussi, il est naïf, honnête, trop honnête, il fait confiance aux gens et pense que tout le monde est comme lui. Au Canada, il a réussi à cause de ces qualités, car à cette époque l'honnêteté était la règle. Je ne sais pas si c'est pareil aujourd'hui, vu les difficultés économiques du pays.

Je lui disais souvent : « Verrouille ta porte et fais confiance à ton voisin... » Mais à quoi sert de parler si personne n'écoute ? En un rien de temps, nous sommes redevenus aussi pauvres que pendant les premières années au Canada. Une pauvreté plus cuisante encore parce que nous nous étions habitués à un certain confort et surtout parce que au Canada nous avions vécu comme dans une île, seuls juges et témoins de notre pauvreté ou richesse, de notre bonheur ou malheur, et qu'à Beyrouth on ne peut pas se terrer chez soi, on vit sous le regard des gens. Qu'on le veuille ou non, il est très difficile d'y échapper. Beyrouth avait tous les défauts d'une petite ville, même d'un village, avec les prétentions d'une grande ville ; tout se jouait sur les apparences, la superficialité et le clinquant. C'était tout le contraire des Québécois qui se montrent tels qu'ils sont et vont parfois jusqu'à se déprécier, ce qui n'est pas mieux. Tandis que les Libanais croassent sur leur soi-disant supériorité, se vantent et s'approprient même ce qu'ils n'ont pas fait, les Québécois ruminent leur soi-disant infériorité, n'accordent pas assez d'importance à ce qu'ils accomplissent et oublient même ce qu'ils ont fait. Aucun ne se perçoit à sa juste dimension...

Et moi, assise dans ma chaise berçante, je rumine plus que je ne croasse... Si j'avais à me lever et à dire à haute voix ce que je pense, aucun mot ne sortirait de ma bouche ou peut-être quelques mots hésitants. Si j'arrêtais un jour de ruminer, je pourrais commencer à être ce que je suis et je n'aurais plus peur de parler...

Je creuse et je creuse ce qui me reste dans le creux de ma mémoire, espérant trouver un jour la paix dans cette tête pleine de trous et de crevasses.

Je me souviens d'une veille de Noël sans neige où nous n'avions plus un sou. Mes enfants, ceux qui travaillaient, n'avaient pas reçu leur paie, et Salim, de nouveau sans le sou, était parti vivre dans son village. Nous allions passer une veille de Noël un peu triste, comme dans les films en noir et blanc que l'on voit parfois à la télévision dans la période de Noël, mais comme dans ces films, juste un peu avant la fin, il y eut un miracle ! Ma fille Samira trouva un billet de cent livres libanaises qu'elle avait caché et oublié. De quoi acheter un festin ! Je me souviens que nous nous sommes mis à danser tous ensemble, heureux. Pour quelques instants, nous nous sommes sentis les plus riches du monde !

La pauvreté est toujours difficile à vivre mais doublée de la misère morale elle devient inhumaine. Je n'oublierai jamais le jour où mon fils Abdallah avait pris trop de médicaments et qu'il fallait l'emmener à l'hôpital. Pas d'argent. J'ai eu beau chercher dans tous les tiroirs. Pas un sou ni pour le taxi ni pour l'hôpital... Oh ! mon Dieu, pourquoi ressasser le passé ? Pourquoi revivre la peine comme si elle venait tout juste d'éclater dans mon ventre ?

C'est fini... La douleur s'en va... J'aimerais un jour être capable de repenser à ces moments sans avoir mal... Il faudrait un miracle, comme dans les films en noir et blanc.

Peu à peu, mes enfants ont commencé à partir pour d'autres pays. Aussitôt qu'ils avaient économisé un peu d'argent, ils s'enfuyaient presque. Personne n'est arrivé à s'adapter, à reprendre racine... Élever un enfant, dit-on, laisse plus d'empreintes que de l'allaiter... On ne revient pas en arrière. Partir de son village, de son pays, c'est partir pour la vie. À une certaine époque, l'une habitait au Brésil, l'autre en France, la troisième au Canada, le quatrième en Indonésie et le reste de la famille au Liban.

Puis, la guerre a éclaté. On s'y attendait. Ce que l'on a appelé le miracle libanais n'opérait plus. On savait que quelque chose de grave allait se produire, mais personne n'avait imaginé son ampleur, personne n'avait imaginé que la guerre durerait plus de quinze ans. Le chaos s'est très vite installé. Salim et Abdallah lisaient autant de journaux qu'ils pouvaient, mais ne comprenaient pas. Très vite, plus personne ne comprit ce qui se passait au-dessus de nos têtes. La guerre a forcé chacun à reprendre position avec son clan initial et, d'un autre côté, les alliances entre clans et pays se faisaient, se défaisaient et se refaisaient à une vitesse vertigineuse.

Que des hommes en convainquent d'autres de les suivre et qu'ils jouent à se faire la guerre, il ne restait plus qu'à se taire et à attendre qu'ils s'épuisent ; que des milliers de personnes paient de leur vie ces jeux vaniteux et insensés, il ne restait plus qu'à crier et à pleurer ; qu'ils tirent à bout portant sur des femmes de toutes les communautés réunies marchant calmement pour la paix, et il ne restait plus qu'à rentrer dans le ventre de nos mères et attendre des jours meilleurs ; que chacun des belligérants croie tenir le pouvoir dans ses mains quand la bêtise et la vanité détenaient tous les pouvoirs, dans tous les camps, à l'intérieur et en dehors du pays, il ne restait plus qu'à rire.

La guerre a forcé les gens, ceux qui avaient assez d'argent, à fuir, à s'exiler, à laisser derrière eux des membres de leurs familles à peine recouverts de terre. C'est tout juste si j'ose imaginer ces mères et ces pères qui, par le hublot de l'avion, regardaient pour la dernière fois cette terre où la vie de leur enfant avait été arrachée.

La guerre a dispersé des milliers de familles à travers le monde, pour nous, grâce à Dieu, ce fut le contraire, elle nous a rassemblés. Peu à peu, nous nous sommes tous retrouvés au pays où mes enfants ont grandi.

J'ai pris mon manteau et je suis partie le plus vite que j'ai pu. D'habitude, Myriam m'accompagne, soit en voiture, soit à pied. Je ne l'ai pas attendue. Heureusement que je n'avais pas de bottes à chausser, elle aurait eu le temps de me rattraper.

Depuis que nous travaillons ensemble, comme elle dit, c'est réglé comme à l'armée. Deux fois par semaine, le lundi et le jeudi, j'arrive chez elle avant dix heures et je repars vers cinq heures. Elle voulait que je vienne quatre fois par semaine ! J'ai toujours eu de la difficulté à dire non, mais là, c'est sorti de ma bouche sans effort et elle n'a pas insisté. Souvent, elle m'invite à rester pour le souper. Quand ses enfants sont là, je me laisse plus facilement gagner.

Le jour où Myriam m'a dit qu'elle voulait écrire un livre sur moi, j'ai ri, mais j'étais quand même un peu flattée, surprise aussi. Elle m'avait alors demandé ce que j'en pensais. Je lui avais répondu : « Depuis quand demandes-tu mon avis sur un livre que tu vas écrire ? », ou quelque chose de semblable. La démone ! je le sais maintenant, elle avait besoin de moi !

J'avais oublié combien elle pouvait être séduisante quand elle le voulait. Elle a réussi à me convaincre, la petite sorcière !

Au début, je trouvais cela amusant, c'était la première fois que je travaillais à l'extérieur de la maison. Ma fille ne me payait pas, les services rendus, c'est normal en famille. Mon salaire, c'était le plaisir que

j'avais et celui que je procurais à ma fille. Je partici-
pais un peu à son métier, cela me paraissait important et j'en étais fière. Pour la première fois de ma vie,
quelqu'un avait besoin de moi pour autre chose que
ce que je savais faire. Pour la première fois, quelqu'un avait besoin de ce que je pensais, de ce que je
voulais dans la vie, de ce que j'avais été et de ce que
je suis devenue. J'étais au centre d'un savoir que nul
autre que moi ne possédait.

Avec du café ou du vin, des questions et de la patience, Myriam m'aidait à dérouler le fil de ma vie.
J'étais nerveuse au début, mais Myriam a réussi à me
mettre à l'aise. Je racontais mes souvenirs. Petit à petit, j'y prenais goût. Quand je n'étais pas avec elle, je
pensais aux histoires que j'allais lui raconter. Le soir,
je ne regardais plus la télévision, je pensais à ma vie,
je rassemblais les morceaux de mon passé.

Myriam est très curieuse... elle veut savoir qui a
pondu l'œuf et qui a bâti le poulailler... Tout allait
bien jusqu'au jour où elle est devenue très exigeante.
Toujours plus exigeante. Elle voulait savoir ce que je
ne savais pas, que je me souvienne de ce que j'avais
oublié.

Parfois, elle voulait que je pense comme elle, que
je lui dise ce qu'elle voulait entendre. Elle me mettait
les mots dans la bouche.

Ce que je ne comprends pas, c'est qu'elle voulait
connaître ma vérité, toujours plus loin, toujours plus
au fond, toujours plus au cœur, et en même temps on
aurait dit qu'elle voulait la déguiser, la changer, la
rendre plus extraordinaire.

Et puis, il y a des choses dont je ne veux pas parler. C'est pour cette raison que je suis partie. Je veux

bien l'aider, pas devenir son esclave ! C'est son livre, pas le mien.

Pour écrire son livre, Myriam me sucerait le sang. J'exagère un peu parce que je suis fatiguée, mais c'est presque vrai. Ce n'est pas qu'elle soit méchante, elle a une volonté démesurée. Tout ce qui compte pour elle, c'est aller jusqu'au bout de ce qu'elle a commencé. Qu'elle y aille seule, moi j'en ai assez. Je l'ai déjà vue se lever à quatre heures du matin pour écrire ! Le soleil n'était même pas levé, et elle, déjà assise avec son café et ses cigarettes et ses piles de livres et de papiers. Je lui ai dit cent fois que ce n'est pas bon de fumer avant de manger, qu'elle pourrait détériorer sa santé. Elle s'en fout. Tout ce qui l'intéresse, c'est finir un livre. Et quand elle en a fini un, elle en commence tout de suite un autre qu'elle doit finir. Comme s'il n'y avait pas déjà assez de livres en ce monde !

Depuis des semaines que je parlais ! Je ne suis pas une pastèque qui, en plus de nourrir et d'étancher la soif, sert de repas à l'âne. Je lui ai dit : « Si tu n'es pas fatiguée de m'entendre, moi, je suis fatiguée de parler. Je suis vieille, tu l'oublies des fois. Ma santé n'est plus ce qu'elle était. » Elle n'a pas voulu comprendre. Elle a recommencé avec ses questions. Alors, je lui ai sorti le proverbe qu'elle déteste : « Celui qui est né est pris au piège et celui qui meurt se repose... » Parce que Myriam ne veut pas croire que l'on est un jouet dans les mains du destin, que l'on n'a pas toujours le choix, que la vie est parfois un fardeau et que la mort est une délivrance. Quand elle reprend ce que je viens de dire en y ajoutant : « Oui, mais... tu aurais pu... si tu avais voulu », je vois bien qu'elle ne peut pas se mettre à ma place.

Son visage a changé comme je le prévoyais. Elle allait passer à une autre question quand je lui ai dit : « Que tu l'aimes ou non, ce proverbe définit ma vie. Si tu veux écrire sur moi, tu ne peux pas passer à côté et faire semblant qu'il n'a pas fait partie de ta nourriture quotidienne, à toi aussi ! »

Alors elle a essayé de me calmer en disant que je suis la meilleure des mères, que j'ai fait tout ce que j'ai pu, que personne d'autre à ma place n'aurait fait mieux. J'étais hors de moi. Moi, toujours si calme, j'ai éclaté : « Est-ce que tu écris ce livre pour camoufler les choses, les ensevelir sous le tapis comme je l'ai fait toute ma vie ou pour montrer le vrai visage de ta mère ? Je t'en prie, ne me dis pas que je t'ai aidée à comprendre la vie comme une mère doit le faire. Tu m'as vue plier, tout accepter, me taire, est-ce un exemple de vie pour mes filles ? On ne met pas des enfants au monde pour les laisser se débrouiller tout seuls. Un animal en cage, voilà ce que tu as eu comme mère ! Je n'ai jamais rien fait de valable pour toi ni pour aucun de mes enfants parce que, de la cage où je me trouvais, je ne voyais rien. Ignorante, voilà ce que j'ai été, c'est la pire calamité. Je vivais dans les ténèbres. Je n'ai rien donné à mes enfants. Vous avez été orphelins de père et de mère. Si vous l'aviez vraiment été, ç'aurait été mieux pour vous et pour moi parce que tout l'amour que je portais n'a rien pu changer.

« Ce qui est fait est fait. Aucun mot ne me redonnera mes cinq ans, avant que ma mère ne meure. Aucun mot ne te donnera une autre mère et un autre père. Aucun mot ne nous donnera un autre passé. Celui qui est né est pris au piège et celui qui meurt se repose. Voilà ma vérité. »

La muette que je suis est capable de parler quand elle s'en donne la peine ou quand la peine devient trop grande et déborde.

Les enfants de Myriam sont arrivés pour dîner et l'atmosphère a changé. Je suis faite comme ça. Un petit sourire, et ce qui était noir devient blanc. David m'a dit avant de partir : « Tu es triste, *sitto* ? » J'ai dit : « Non, moi pas triste, moi vieille, pour ça. » Il n'a pas eu l'air convaincu.

Myriam a fait du café et j'ai essayé de retarder le moment où elle recommencerait ses questions. J'ai parlé du climat, comme les gens qui vivent dans les pays froids, de la belle grappe de raisin qui était sur la table, de Salim qui aimerait bien la voir de temps en temps, d'Abdallah qui va bien, mais qui s'ennuie d'elle depuis qu'elle lui a interdit de venir chez elle... Tout comme l'argent attire l'argent et les poux causent les lentes, un mot mène à un autre mot. « Moi ?... Le plus important ?... Mes enfants... La chose qui a été la plus importante de toute ma vie ? C'est... attends... laisse-moi réfléchir... je dirais que c'est d'avoir émigré. Oui. Avoir changé de pays. Parce que cela a complètement changé ma vie et celle de mes enfants. Mais si j'y pense un peu plus longtemps, je me dis que non, ce n'est pas ça qui a changé ma vie... C'est... »

Je savais bien qu'elle allait y arriver. J'ai crié :

« Je t'en conjure, je ne veux pas que tu parles d'Abdallah dans ton livre. Surtout pas que ça vienne de moi. Ne me mets pas là-dedans, je t'en supplie, c'est mon fils, que Dieu garde tes enfants en bonne santé, c'est mon fils, et tout ce que je pourrais dire sera bien en deçà de la réalité. Tout ce que je pourrais dire serait très loin de ce que j'ai vécu, alors j'aime mieux ne pas en parler. Comprends-moi, c'est mon premier enfant, le premier qui a pris mon sein, qui s'est nourri de mon corps. C'est celui que j'ai aimé par-dessus tout, c'est ma chair, mon âme. Qu'est-ce que j'ai fait ? Qu'est-ce que je n'ai pas fait ? Parce que nous sommes partis de notre pays ? Était-il trop enraciné là-bas ou peut-être ne s'est-il jamais enraciné nulle part ? Même là-bas il était différent des autres. Je lui ai donné trop de responsabilités quand son père est venu en Amérique. C'est son destin. Mon destin. C'est ce que Dieu m'a donné à vivre, pour me punir, pour m'apprendre quelque chose. Qu'est-ce que j'ai fait ? J'aurais voulu apprendre autrement, être punie autrement. Je t'ai dit vingt fois que je ne voulais pas en parler ! Je ne veux pas en parler. »

Et je me suis enfuie. J'ai bien fait, ça lui apprendra. Je ne peux quand même pas couper mon cœur en quatre et le mettre sur sa table pour qu'elle écrive... Il faudrait qu'elle soit touchée dans sa propre chair pour me comprendre !

Abdallah est son frère, pas son enfant !

Je sais que la maladie d'Abdallah l'a fait souffrir, elle aussi, toute la famille a été ébranlée, mais souffrir de la souffrance de son propre enfant est sans pareil.

C'est presque le printemps...

Je pourrais peut-être faire un crochet, passer devant l'école de mes trois amours : Amélie, Véronique et David... Non... Ils vont être gênés de me voir. Je pourrais juste les regarder de loin sans qu'ils me voient... Je me souviens qu'à leur âge je n'aimais pas tellement que ma grand-mère vienne sur la place du village quand j'étais avec mes amies. Quand on est jeune, on voit ses grands-parents comme figés dans une même position et on ne veut pas les voir ailleurs. Puis un jour, on revient à la place où on les a toujours vus et ils ne sont plus là... Ainsi va la vie...

J'espère qu'il ne se remettra pas à neiger. C'est agréable de marcher sans bottes. Ils n'ont pas encore remis les bancs sur les trottoirs. J'aurais pu m'asseoir un peu, me reposer, regarder les enfants sortir de l'école. Je pourrais aller m'asseoir dans un café, commander un cappuccino et le boire tranquillement en regardant dehors. Rentrer seule dans un café, dans un cinéma, dans un magasin, je ne l'ai jamais fait. Sauf à l'épicerie au coin de chez nous et à celle qui se trouve à deux pas de chez Myriam. Est-ce qu'on peut encore changer ses habitudes à mon âge ? Qu'est-ce qui m'en empêche ? J'ai assez d'argent pour payer, alors c'est quoi ? Quand je disais à Myriam que c'est la peur qui mène le monde, c'est sûrement de ma propre peur que je parlais.

Un jour, je me souviens d'être allée à l'école de mes filles chercher leur bulletin de fin d'année. Samira était arrivée la première de sa classe et Myriam, la deuxième. Je pense que de ma vie je n'ai jamais été aussi fière.

Ça faisait à peu près cinq ans que nous habitions au Canada et c'était la première fois que je sortais seule de la maison. Une vraie sortie. Nous habitions alors rue Charbonneau, à Terrebonne, et l'école de mes filles n'était pas loin de la maison. C'était à mi-chemin du magasin de Salim.

J'ai habillé ma petite dernière qui devait avoir près de quatre ans, j'ai mis ma plus belle robe, elle était verte avec des fleurs roses et rouges, et j'ai marché. Plus je marchais, plus mes joues rougissaient. Ce n'était pas la honte, loin de là, je savais que mes filles réussissaient bien en classe et cela m'aidait à garder la tête haute. Je rougissais de peur, la peur que quel-qu'un m'arrête dans la rue et me pose une question. J'avais peur de montrer que je ne savais pas parler, que je venais d'ailleurs.

Je sais maintenant que cela n'aurait pas été très grave, que personne ne m'aurait insultée ou ri de moi, que ma petite fille aurait pu répondre à ma place, elle savait très bien parler le français, mais pendant que je marchais seule avec ma petite fille qui parlait déjà mieux que moi, j'ai senti tout d'un coup que je n'avais rien à voir avec tout ce qui m'entourait, que sans mon mari et mes enfants, j'étais nue, toute nue. À la mai-son, j'étais protégée par les murs, par le toit, par tout le travail que j'avais à faire, par Salim qui parlait la même langue que moi. À la maison, j'avais une raison d'être, dehors, je n'étais plus rien.

Je ne me souviens plus très bien de la cérémonie à l'école. Toutes les filles portaient le même costume et quand on disait leur nom, chacune d'elles s'avançait pour aller chercher son bulletin. Tout le monde savait le nom de mes filles et savait que j'étais leur mère.

On dit qu'il est impossible de se dissimuler quand on est amoureux, enceinte ou monté sur un chameau... Avec l'expérience, j'ajouterais : étranger. Quoi qu'il fasse, l'étranger attire les regards. Plus il essaie de se fondre dans la foule, plus il se sent remarqué, comme une femme enceinte qui voudrait cacher son ventre.

Dans le village de mon mari, on me pointait du doigt, chacun commentait mes moindres gestes et pourtant je voulais être discrète, j'essayais d'être comme tout le monde. Je sais maintenant que mon désir n'était pas réaliste. Être exactement comme tout le monde, c'est impossible. Chaque villageois était différent des autres, mais cette différence-là était acceptée, elle faisait partie de la vie quotidienne, on ne la voyait plus. Ma nouvelle différence à moi surprenait. Quand on s'habitue à la différence, ce n'est plus une différence. Les habitants de Terrebonne n'étaient pas habitués à moi. Comment auraient-ils pu ? Ils ne me voyaient jamais.

Je ne sais pas si j'ai raison ou si ma tête de vieille femme s'éloigne trop de la vérité...

Une chose est certaine, personne ce jour-là n'a remarqué que je grelottais, que je me sentais toute nue, que je remerciais le ciel de tenir la main de ma petite fille qui me serrait très fort la main. Peut-être ont-ils vu mes joues rouges de fierté, ma tête que je tenais bien haute grâce à mes filles.

Si leurs bulletins avaient été moins bons, est-ce que je me serais souvenue de cette histoire ?

Samira est venue prendre un café avec son mari. De la visite rare, surtout un jour de semaine et les deux ensemble ! Elle voulait nous annoncer qu'ils partaient pour Toronto où, paraît-il, les affaires sont meilleures qu'à Montréal.

Samira est la seule de la famille à s'être mariée avec un Libanais. Pourtant, une des raisons de notre retour au Liban était que nos enfants ne se marient pas avec des étrangers. Mon Dieu, que j'ai changé là-dessus ! Des gendres, brus, chums ou blondes, comme ils disent, le mari de Samira est le seul avec qui nous pouvons parler notre langue... Mais cela ne nous sert pas à grand-chose puisque c'est toujours lui qui parle ! Il nous étale ses aventures de marchand et ses bons coups d'argent, comme si ses propos pouvaient nous intéresser... À l'entendre, c'est lui qui a tout fait, quand tout le monde sait que c'est Samira qui a mis sur pied le commerce du cuir et que son entreprise était déjà prospère, bien avant lui.

Enfin...

Samira m'a dit qu'aussitôt installée elle me ferait venir pour passer un mois chez elle. J'ai dit : « Merci, tu es gentille, on verra en temps et lieu », mais je sais que je n'irai pas. Toute la journée à l'attendre, à ne pas savoir quoi faire de mes dix doigts dans sa maison trop propre et trop bien rangée, et le soir, écouter les exploits de son mari, j'aime mieux rester à Montréal ! Le mari de Myriam, au moins, même si nous n'arrivions pas à nous parler, faisait en sorte que je ne me sente pas de trop dans leur maison. Il avait de la considération pour moi.

Samira était debout près de la porte. Son mari était déjà sorti. Elle m'a dit : « Mère, ne t'en fais pas, nous ne te laisserons pas aller à l'hospice. D'ailleurs, il y a bien des chances que nous y allions avant toi, tu es forte et en santé, tu vas tous nous enterrer ! »

Même pour rire, on ne dit pas ces choses-là ! Enterrer mes enfants ! Samira n'a pas d'enfants, ça se voit !

Après le départ de Samira, Abdallah est passé. Il ne s'est même pas assis. Son visage était un peu différent...

Myriam m'a téléphoné. Je lui ai dit que j'étais malade. Si elle m'avait crue, elle m'aurait tout de suite demandé si j'avais besoin de quelque chose et serait venue me voir.

« Et jeudi, tu viendras, mère ?

– Je ne crois pas. Oublie tout cela, ma fille, ne garde rien de ce que je t'ai raconté. Ça ne vaut pas la peine, tout est mensonge.

– Tu es fatiguée, mère, repose-toi. Si tu ne veux pas parler d'Abdallah, il y aura un trou, c'est tout. Je le remplirai par autre chose. Ne t'en fais pas, repose-toi. »

Et moi, qui remplira le trou que j'ai dans le cœur ? Je suis si fatiguée...

Il n'y a pas longtemps, j'ai vu à la télévision un homme étendu sur une table d'opération. Son crâne était ouvert, on voyait même sa cervelle qui ressemblait à la cervelle de bœuf que je prépare avec de l'ail et du citron, sauf que l'homme n'était pas mort mais endormi. Le docteur touchait la cervelle avec le bout d'une épingle et l'homme se mettait à parler. Quand le docteur retirait l'épingle, l'homme s'arrêtait. Le docteur pointait l'aiguille sur une autre partie et l'homme racontait autre chose. Aussi facile que de percer l'ampoule d'une petite brûlure.

Est-ce que cela veut dire que tout ce que l'on vit est enregistré pour toujours dans notre cerveau, même si on a tout oublié, même si l'on veut oublier ? Si ce que j'ai vu est vrai, c'est merveilleux et effrayant... Avec la mort, tout ce que l'on a vécu s'efface puisque le cerveau se dessèche. Un squelette n'a plus de souvenirs. L'hérédité, est-ce que cela a à voir avec le cerveau ? Peut-être que non. Avec le sang alors ? Le sang de la mère est fécondé par le sang du père pour donner l'enfant, et ces deux sangs contenaient déjà le sang de leurs pères et mères. « Les parents mangent du verjus et leurs enfants ont mal aux dents », c'est ce qui est dit dans la Bible... Mon Dieu, que la vie est une énigme. Est-ce qu'il y a quelqu'un au monde qui comprend tout cela, tout tout cela ? Dans la Bible, on dit aussi : « Abondance de sagesse, abondance de chagrin et accroître sa science, c'est accroître sa peine. » Et mourir ignorant, est-ce mieux ?

Il aurait fallu que Myriam invente quelque chose pour prendre, sans que je le sache, le dedans de ma tête, le dedans de mon cœur, sans que j'aie à parler.

Je suis si fatiguée...

Et si Abdallah tombait un jour sur ce livre ?...

Il est plus nerveux ces jours-ci. Il s'est disputé avec son père. Il ne vient plus s'asseoir à la cuisine avec moi ou, s'il vient, il repart aussitôt. Chaque année, j'espère que nous pourrons éviter le pire.

Depuis que je ne vais plus chez Myriam, j'ai repris mes petites habitudes : je change les meubles de place, ce qui énerve Salim ; je nettoie la maison, il dit qu'elle est bien assez propre ; je fais à manger, là-dessus il ne se plaint pas ; si les enfants n'ont pas le temps de venir manger, Salim fait la livraison. Comme livreur, il est très efficace et ne se fait jamais prier.

Il y a toujours quelque chose pour s'occuper. Quand j'ai fini, ou même si je n'ai pas fini, je m'arrête pour prendre un café avec Salim. S'il fait beau, nous le prenons sur le balcon. Depuis qu'Abdallah ne prend plus le café avec nous, qu'il vient et repart en coup de vent, c'est sur lui que portent nos conversations. Nous nous posons les mêmes questions depuis des années et nos questions restent sans réponse. Nous espérons, c'est la seule chose qui est à notre portée. Est-ce que ça va revenir cette année ? Quoi faire pour que ça ne revienne pas ? Comment faire ? Pourquoi ?

L'escalade est déjà commencée...

Quand je suis fatiguée, qu'il n'y a rien à la télévision, je fais des jeux de patience. Ces jours-ci, il me semble que j'en fais beaucoup... Qu'est-ce que je faisais avant ?... je devais bien m'occuper à quelque chose avant que Myriam m'apprenne à jouer... pour garder la tête vive qu'elle disait... Où sont les reines ?... Salim trouvait ça ennuyeux, mais il s'y est mis lui aussi. C'est une bonne chose. Pendant que nous jouons, nous ne nous disputons pas. Et nous ne pensons à rien d'autre.

Quand je joue avec Myriam ou Kaokab, nous sommes face à face, chacune a son jeu et nous jouons tout en bavardant, c'est vraiment plaisant. Si j'oublie de déplacer une carte, elles me le signalent. Mes filles m'ont toujours aidée depuis qu'elles sont petites. Kaokab n'avait pas encore trois ans qu'elle répondait à ma place au laitier et au boulanger qui livraient le lait et le pain à cette époque. Mes filles ont toujours su des choses que je ne savais pas... Le plus amusant, c'est quand Véronique et David m'aident à jouer. Si Amélie est là, c'est encore plus drôle. Les trois autour de moi, c'est le bonheur ! Dans les faits, ils jouent à ma place. Le cerveau des jeunes est si rapide. Des fois, ils me laissent des petites chances... Les reines se cachent... il faut que toutes les cartes sortent au bon moment, sinon le jeu est bloqué... essayer de faire le mieux possible avec ce que l'on reçoit... c'est comme dans la vie, on peut faire du mieux qu'on peut, mais on ne peut changer complètement le cours des choses... les cartes sont là ou ne sont pas là. On doit se débrouiller avec ce qu'on a dans les mains, sans tricher, parce que ça ne sert à rien... Tiens... les reines se montrent le visage... j'ai bien peur que ce ne soit un peu tard...

Je ne vois plus les choses de la même manière depuis que Myriam m'a demandé de lui raconter ma vie. On dirait que je vois mieux ce que j'ai fait avec ce que j'avais. Une araignée qui tisse sa toile ne la voit pas, mais l'araignée n'a peut-être pas de fille pour lui poser des questions et la faire réfléchir sur sa vie, sur la vie.

Petite, j'étais forte, prompte à agir, comme ma petite-fille Véronique qui ne se laisse jamais marcher sur les pieds, tout le contraire d'Amélie, qui, si jeune encore, semble accumuler une espèce de souffrance sourde. Puis, sans que je sache pourquoi, à mesure que je vieillissais, je devenais de plus en plus faible. Ma force est disparue, mais la joie de vivre que j'ai reçue à la naissance ne m'a jamais quittée, jamais complètement. Je vois que la vie est possible et qu'elle peut être très belle, et en même temps, et trop souvent, je me rends compte que je n'ai pas la force pour arriver à la rendre vivable, heureuse...

Durant toute ma vie, j'ai essayé de me calmer, d'être douce, de ne pas répondre au mal par le mal, de m'oublier dans le travail. Je me suis acharnée à nettoyer, à mettre de l'ordre... Comment mettre de l'ordre quand tout peut éclater à n'importe quel moment ?... Toute ma vie... non, pas toute ma vie... depuis mon mariage, j'ai toujours essayé de prendre sur moi, de patienter, de me cacher dans le silence, de me dire ça va passer... ça va passer... Ça n'est jamais passé. Le résultat de ma vie est là devant moi... J'ai attendu longtemps pour élever la voix. Trop longtemps. Je ne savais plus comment faire, et ma voix ne faisait peur qu'à moi-même. C'était trop tard... Ma peine, je l'ai poussée à l'intérieur de la jarre comme je le fais avec les courgettes. Je les vide, les sale et les entasse pour ne pas qu'elles prennent trop de place. Je ferme le couvercle. À l'an prochain. Quand mon fils tombe en enfer, c'est plus fort que moi, plus fort que tous les efforts que je peux faire, je tombe avec lui, j'éclate en mille morceaux et ma peine devient déraisonnable, mille jarres bourrées se fracassent, comme si j'étais la seule mère au monde à avoir un enfant malade...

Pendant un temps, on se force à oublier pour se reposer un peu, et le frottement du cœur diminue peu à peu, disparaît jusqu'au moment où tout revient sans prévenir, nous saute en plein visage, nous happe de nouveau.

Je suis si fatiguée...

Comment dire à ma fille ce que je n'arrive pas à me dire à moi-même ?...

Comment parler du feu ? Comment parler de la cendre ?

Mes fils n'ont pas atteint leur juste dimension, tout comme moi. Mes filles naviguent tant bien que mal dans leur propre vie, mais j'ai le sentiment qu'aucun de mes trois fils n'est devenu lui-même. Quelque chose s'est cassé en cours de route. Bien sûr, tout pourrait être pire... Quelque chose les retient, les tire, les empêche d'être... d'être heureux. Aucun d'eux n'a perdu son regard traqué, le regard d'un enfant pris en faute. Même si les deux plus jeunes gagnent bien leur vie, on dirait que tout peut changer, que la malchance est sur le pas de la porte, que rien n'est sûr. Leur tête flotte quelque part, mais pas au-dessus de leur corps.

L'émigration est peut-être venue changer le cours normal des choses. La première, et le retour au Liban qui a été aussi très dur. On dit qu'un arbre trop souvent transplanté donne rarement des fruits à planter. Pourtant mes filles aussi ont été souvent transplantées...

De tous mes enfants, Abdallah, le plus vieux, est le plus malchanceux.

Il y a bien longtemps, quand mon père nous racontait des histoires dans lesquelles l'on immolait un animal, soit pour se faire pardonner, soit pour rendre grâce à Dieu, ou pour toute autre raison, je me révoltais. Je ne comprenais pas. Tuer une chèvre parce qu'il faut bien manger, je peux comprendre, mais la tuer juste pour le sacrifice ! Parce que, cet animal-là, il ne fallait pas le manger, si je me souviens bien... donc il mourait pour rien...

J'ai beau tourner et retourner tout cela, je ne peux m'enlever de la tête qu'Abdallah est le mouton sacrifié de la famille. Il fallait trouver un petit animal et le couteau est tombé sur lui. Il a été égorgé dans la pleine puissance de sa jeunesse. Parce qu'il est le plus vieux, parce qu'il est le premier, il a tout pris. Abdallah a été immolé. Quand j'étais petite, je ne comprenais pas pourquoi un petit animal doit souffrir pour les autres, et je ne comprends toujours pas.

Un jour, on l'a entré de force à l'hôpital et il en est ressorti plusieurs mois après avec une marque sur le front : fou. Le mot était plus compliqué, mais j'aime mieux ne pas le savoir parce que c'est du pareil au même. S'il était resté au village, si nous n'avions pas émigré, il se serait tout simplement battu avec quelqu'un et il aurait reçu une bonne raclée, il se serait levé peut-être plus furieux encore et quelqu'un d'autre l'aurait assommé. Peu à peu, il se serait calmé. C'est tout. On ne l'aurait pas envoyé à l'hôpital. On aurait dit de lui qu'il avait un caractère prompt à s'échauffer, comme son père avant lui et son grand-père paternel et son arrière-grand-père...

Abdallah a eu le malheur de fréquenter les hôpitaux, et c'est la pire chose parce que l'odeur de l'hôpital s'imprègne dans tous les pores de la peau. Se laver, vouloir une vie nouvelle, rien n'y fait. Trop de produits chimiques détraquent le corps et la tête. C'est pour la vie. L'étiquette est cousue dans la peau. La frustration et la violence et le mépris de soi et la honte s'accumulent pendant des mois et se mettent à gicler de partout au moment où l'on s'y attend le moins, quand on a commencé à oublier en pensant que c'est fini et que ça ne reviendra plus jamais...

Un jour feu, un jour cendre... Comment parler du feu qui s'allume sans que l'on sache pourquoi, et qui s'éteint sans que l'on sache comment.

Combien de fois j'ai souhaité sa mort, que Dieu me pardonne, comment une mère peut-elle souhaiter la mort de son enfant, c'est un parjure à la vie même... non pas seulement pour mon propre repos, mais surtout pour le sien... Mon enfant, mon amour, la souffrance n'a de limite que la mort, je le sais...

J'ai souhaité ta mort, mon enfant, comme j'ai souhaité la mienne. Ni toi ni moi ne sommes faits pour vivre en ce monde. En vieillissant, ta mère s'est forgé une carapace, plus épaisse que la peau d'un éléphant, et toi, mon amour, tu deviens de plus en plus faible, de moins en moins capable de vivre. Ta peur de tout et de rien, mon enfant, je la ressens comme la mienne. Elle est mienne.

Tous les deux, nous avons été cassés, quelque part, sur le trajet de nos vies...

Mon enfant, toi par qui mon lien maternel a pris vie, toi mon premier, mon tendre enfant que la vie a broyé, haché en minces lamelles, en petits morceaux de chair douloureuse. Mon enfant, mon amour, où sont partis ta beauté, tes yeux perçants, ton regard profond, toi qui, si jeune encore, trouvais les réponses à nos questions et des questions à nos réponses ?

Aucun moment heureux. Les jours de répit n'étaient que des jours d'attente, de glissement vers une brume épaisse et sombre. Ta violence te quittait pour un temps, mais rien de vivant ne venait la remplacer. Ta tête trop lourde et ton corps n'étaient plus qu'une masse à peine vivante sur ton lit. Des jours et des jours et des mois où ta parole n'était plus que balbutiements, où ton respir devenait écume autour de tes lèvres, où les seuls mots qui arrivaient jusqu'à nous étaient « laissez-moi mourir »…

Mon enfant, quelle mauvaise étoile t'a conduit jusqu'à nous ?

Mon fils tant aimé, en naissant tu t'es trompé de parents. Peut-être n'avais-tu pas assez souffert dans une autre vie, peut-être voulais-tu continuer le voyage des mortels jusqu'à l'anéantissement de l'espèce. La mort est venue te narguer plusieurs fois et te laisse souffrir encore et encore. Combien de fois tu as voulu partir avec elle et combien de fois je t'ai retenu.

Mon fils, plus je ressasse nos vies, plus je les tourne à l'endroit et à l'envers, plus je sais que tu t'es trompé de parents. C'est ta seule faute.

Ton père t'a voulu à son image, il a voulu te modeler brave et sans peur. Il a voulu faire de toi un homme, sans tenir compte du fait que tu étais un petit garçon sensible et doux. Un homme peut être sensible et doux. Pourquoi les hommes doivent-ils tous se ressembler ? Ton père voulait que tu continues sa lignée d'hommes orgueilleux aimant la bravade pour tout et pour rien.

Au même âge, nos destins ont été marqués pour toujours. À dix-huit ans, j'entrais dans le mariage et toi, au même âge, à l'hôpital. Tomber, se relever, retomber, se relever. Sans répit. Où trouver la force pour changer de chemin ?

Et ta sœur Myriam qui voudrait que je parle de toi, à haute voix.

Ce que nous avons vécu toi et moi ne peut pas se dire. Aucun livre ne peut en témoigner, vingt livres ne suffiraient pas. Personne ne pourrait comprendre parce que même moi qui l'ai vécu tant de jours, tant de nuits, année après année, même moi je l'oublie parfois, et ma souffrance s'apaise jusqu'au moment où tout se remet à bouillir, où toutes les plaies se rouvrent, où le volcan se déverse. Et tout me revient. Tout me revient aussi fort que la première fois. Seul ton père peut comprendre parce qu'il est ton père, parce qu'il l'a vécu, lui aussi, dans sa propre chair.

Si par malheur un des enfants de Myriam était frappé par le destin comme tu l'as été, elle saurait ce que je veux dire et comprendrait sans que j'aie à parler...

Mon Dieu, non !... Mon Dieu, s'il te reste un peu de bonté, ne fais jamais vivre ce que j'ai vécu à ma fille, ni à aucun de mes enfants. Être touché à travers la souffrance de ses enfants est la plus grande des souffrances. Ne les afflige jamais de cette façon. Si l'un de mes petits-enfants devait être sacrifié comme leur oncle l'a été, j'aime mieux mourir tout de suite...

Il y a des choses que l'on ne peut pas dire, que l'on ne dit pas, même pas à soi-même, des choses que l'on voudrait enfouir loin.

Il y a des choses qui remontent malgré soi, comme une vomissure, et que l'on ravale avec aigreur et amertume, il y a des violences que l'on ne peut pardonner, des violences que l'on voudrait prendre pour de la démence, des absences de raison que l'on ne peut pardonner, ni oublier.

Il y a des choses qui ont le poids de toutes nos peurs rassemblées, de toutes nos lâchetés.

Il y a des choses que l'on ne peut ni raconter ni dire à voix basse tant on en a honte. Il y a des hontes qui ne peuvent s'apaiser avec le temps, que l'on ne peut se pardonner, ni oublier. Des hontes qui restent intactes comme si on venait de les vivre.

J'ai honte... Depuis cinquante années, j'ai honte. Même à y penser, j'ai honte.

J'entends encore la voix de mon père, je l'entends aussi nettement que je vois cette botte couverte de poussière venir sur moi et me frapper en plein visage.

Je vois mon père se détourner de moi avec dédain.

Mon père et le père de mes enfants étaient chacun sur son cheval, prêts à partir. J'ai dit : « Ne t'en va pas, Salim, je vais accoucher dans les jours qui viennent, je ne veux pas être seule comme les deux autres fois. » C'est tout. C'est tout ce que je lui ai dit. Quel mal y avait-il à dire à cet homme que j'avais choisi pour époux, qui m'avait choisie pour épouse, que personne ne m'avait forcée à marier, à cet homme que j'aimais, quel mal y avait-il à lui demander de rester au village pour l'accouchement de son troisième enfant ?...

Ce n'était pas la première fois qu'il levait la main sur moi, mais cette fois il se permettait de le faire devant mon père, le prêtre le plus respecté de la région, et avec son pied, comme on ne le ferait même pas à un chien.

Du haut de son cheval, mon père a tout vu.

Mon père, celui que je croyais être mon père et mon protecteur, n'a pas fait un geste. Même pas un petit geste, un petit mot, pour me soutenir, pour me défendre, pour montrer à cet homme qui venait de me fendre la lèvre que je n'étais pas la fille de personne, que j'avais un père, une famille, et que l'on ne pouvait pas faire de moi ce que l'on voulait...

Rien. Ni geste, ni mot, ni blâme. Rien.

C'est à moi qu'il en voulait. Il m'a dit comme s'il me crachait au visage : « Maudits soient ceux qui t'ont enfantée ! »

C'était la pire insulte. Devant l'homme qui venait de m'humilier et au lieu de me défendre et de me soutenir, mon propre père me maudissait. Il maudissait ma naissance, mon être tout entier, le jour et la personne qui m'avaient donné la vie. Mon père, que je plaçais par-dessus tout, que j'honorais et que j'aimais me maudissait parce que j'étais faible.

Où me sauver ? Où m'enfuir ? Où aller ? Si mon père me méprisait et acceptait de fermer les yeux, où aller ?

À la seconde où mon père a détourné son regard en me maudissant, je me suis sentie seule, si seule. Un clou sans tête...

Ma colonne vertébrale venait de se casser à cette seconde...

Bafouée par mon mari, sans le soutien de mon père, avec deux enfants en bas âge, enceinte, humiliée et remplie de honte... Où aller ?

Je me demande encore aujourd'hui, cinquante ans après, pourquoi je ne suis pas partie, pourquoi je n'ai rien fait.

Trahir ce père qui venait de me trahir, le faire vivre dans la honte d'une fille sans mari et sans toit, j'en étais incapable. Je n'avais pas été élevée pour agir de la sorte. Parce que ce père, qui allait jusqu'à insulter la mémoire de ma mère qui avait enfanté une fille qui se laissait fendre la lèvre, nous avait appris à le respecter, à l'honorer, à respecter nos frères et notre mari, à dépendre du soutien des hommes. Parce que ce père et toute sa communauté d'hommes, et de femmes aussi, nous ont appris à plier, à nous taire, à ne rien dévoiler, à avoir honte, à tout endurer.

Sans même nous en apercevoir, notre muselière grandissait à mesure que nous grandissions... Laisse ton mal dans ton cœur et souffre en silence ; le mal dévoilé n'est que scandale et déshonneur... Toutes les femmes étaient pétries de ces mots et les murmuraient en silence. J'étais l'une d'elles et je le suis encore !

Mon père, qui proclamait à tout vent les principes d'honneur et de dignité, lui qui avait toujours protégé les plus faibles et les plus démunis, pensait-il que sa fille pouvait s'en tirer sans soutien paternel ? Ou peut-être était-il préférable de s'occuper des pauvres et non pas des enfants de sa fille qui auraient été à sa charge et éviter ainsi le scandale, sauver les apparences et que tout reste caché et que rien ne se sache et que tout le monde s'en lave les mains...

Après nous avoir appris à dépendre du soutien des hommes, à ne pas nous défendre seules, on nous laisse tomber. À la minute où nous avons besoin d'aide, on nous laisse nous débrouiller avec notre destin. Notre destin ! Fabriquer d'autres hommes à leur ressemblance et nous taire ? L'honneur et la dignité, dont j'avais tellement entendu parler depuis mon enfance, n'étaient-ils que des mots vides ou des paroles d'hommes faites pour les hommes ?

Où aller ?

Où aller avec mes enfants et enceinte jusqu'aux lèvres ? Même si j'avais pu mettre de côté le respect que je croyais devoir à mon père, où aller, en 1945, dans ce pays où les guerres, petites et grandes, les sauterelles, les épidémies et les famines venaient et repartaient tout à leur aise, sans demander le droit de passage ?

Où aller ?

Où peut aller un clou sans tête ? J'ai honte... j'ai honte... même si je sais aujourd'hui que je n'avais devant les yeux que la mort ou la résignation, j'ai honte jusqu'à la moelle de mes os et je ne me le pardonnerai jamais...

Chaque fois qu'Abdallah tombe malade, je revois ce cendrier gros comme trois assiettes venir fendre le front et la tête de mon fils, ce cendrier lancé par celui que je ne peux appeler mon mari tant je le déteste ; chaque fois, je revois cette botte me fendre la lèvre et moi qui ne fais rien. Chaque fois, mon bras se casse, mon cœur éclate, mon corps gémit de douleur et de haine parce que je n'ai rien fait ce jour-là. Je n'ai rien fait pour me défendre, je n'ai rien fait pour défendre mes enfants. J'ai laissé faire, j'ai toujours laissé faire.

Je suis lâche. Je ne suis qu'une peureuse et une lâche, une femme sans dignité, sans colonne vertébrale. Comment accepter que ce jour-là je n'aie pas eu la force de faire aucun geste, même pas le plus petit geste, au moins cracher au visage de ces deux hommes à cheval... quitte à ce que le crachat me retombe sur le visage... Au moins, je pourrais me dire aujourd'hui : Dounia, tu as fait ce que tu as pu.

Non.

Je me suis laissé écraser par la douleur, la langue collée à mon palais, les bras collés à mon corps. C'est tout. C'est tout ce que j'ai fait. C'est tout ce que j'ai été capable de faire. Quand on se résigne une fois, c'est fini, on se résignera pour le restant de ses jours... Le mal est fait. On ne remonte jamais la pente. Parce que le mal engendre le mal. Sans fin.

Il aurait fallu que je le tue, que je débarrasse la terre de sa violence et de sa démence, lui, indigne père de mes enfants, il aurait fallu que je le tue de mes propres mains pour empêcher que nous tombions tous sous son joug, sous ses poings, sous ses pieds...

La femme que mes petits-enfants aiment n'est pas cette femme ensevelie sous un tas de graisse, de douleur et de honte, mais l'enfant que j'ai été et qui revient parfois m'habiter l'espace de quelques heures.

Comment dire à ma fille que la maladie de son frère dont elle voudrait tant m'entendre parler pour arriver à comprendre, elle aussi, n'est qu'une malchance, car c'est son père et toute la lignée de son père qui auraient dû se faire soigner, car c'est moi, sa mère, qui aurais dû me faire soigner. C'est moi qui suis complètement folle d'avoir aimé un homme fou, d'avoir eu des enfants avec lui, de l'avoir laissé agir à sa guise, de l'avoir laissé broyer la famille entière.

Comment m'avouer que c'est mon propre manque de dignité qui a détruit ma famille, que c'est ma propre faiblesse et mon manque de courage qui ont fait chavirer le bateau. Comment dire toutes les violences que j'ai subies sans réagir, comment parler de ma honte, de ma résignation, de ma rancœur, de mon amertume et de ma haine, de ma lâcheté, sans vouloir mourir, sans mourir...

Comment dire la vérité que j'ai cachée si longtemps, comment dire que mon propre père est un lâche et un menteur quand j'ai toujours dit qu'il était un saint homme. Comment dire que, dans le fond de mon cœur, je n'ai aucun respect pour lui, comment dire que je le hais sans frémir.

Comment dire que je n'ai plus aucun respect pour mon mari, le père de mes enfants, que j'ai même parfois de la haine pour lui, qu'il ne me reste pour lui que de la pitié parce qu'il est vieux, seul et malheureux... Je ne peux pas leur dire tout cela, c'est leur père après tout. J'ai toujours tout fait pour que mes enfants aiment et respectent leur père et je ne peux pas leur dire tout ce qu'il a fait... et tout ce que je n'ai pas fait...

Le quitter maintenant serait ridicule. Il aurait fallu me décider il y a longtemps, quand mes jambes étaient encore fines et mon corps vigoureux, quand je portais encore ma robe de mariée et qu'il me l'a presque arrachée... Mais je l'aimais... je l'aime encore...

Je me demande aujourd'hui qui est le plus condamnable. Celui qui frappe ou celui qui se laisse frapper, ou bien celui qui regarde sans rien faire ?...

Salim est mort. Le père de mes enfants n'est plus de ce monde. Tant de fois j'ai souhaité sa mort et maintenant qu'il n'est plus là, je me sens si seule.

La vie est tranquille. Plus personne pour me contrarier, plus personne pour les querelles quotidiennes, pour le café, qu'il prenait très sucré sans cardamome, que j'aimais avec un soupçon de sucre et un grain de cardamome, plus personne pour se plaindre, rouspéter, vouloir mourir quand la vie est trop dure ou trop monotone, plus personne pour salir les cuvettes, pour ne pas laver le bain, pour laisser déborder les cendriers. Plus personne pour ronfler à côté de moi et m'empêcher de dormir. Personne pour aller chercher du pain, pour parler à ma place, pour me rapporter ce qu'il avait lu dans les journaux, pour les laisser traîner. Plus personne pour critiquer tout ce que je fais, pour s'énerver quand je frotte trop, plus personne pour vivre avec moi la descente en enfer, année après année, quand notre fils nous emporte avec lui. Plus personne pour garder l'espoir.

Mon compagnon de vie, de souffrance, de dispute et de rire est parti. Celui que j'ai tant aimé et tant haï a enterré avec lui ma joie et ma peine.

Salim l'orphelin n'a plus besoin de Dounia l'orpheline ; Salim l'orphelin qui avait tant besoin d'être aimé n'a plus besoin de rien à présent.

J'ai tant désiré le silence et la paix... et je n'entends que le grincement de la chaise berçante et le ronronnement du frigo vide...

J'aimerais boire une cruche de vin pour engourdir ce sentiment inconnu.

J'ai perdu le rempart qui me définissait. Je ne sais plus où je commence ni où je finis. Je ne sais plus comment penser, je ne sais quoi penser. Je ne sais plus rien. En mourant, Salim a emporté notre peau commune. J'ai froid. J'ai si froid.

Salim est mort selon son désir. Sans souffrir. Sans lit à barreaux. Il a toujours dit que le jour où il n'arriverait plus à faire tout ce qu'il voulait, il se donnerait la mort. Il en a si souvent parlé que je ne savais plus s'il l'aurait fait...

La veille de sa mort, il m'a raconté une histoire qui remonte à ses premières années au Canada. Lui qui aimait tant parler, qui racontait les mêmes histoires vingt fois plutôt qu'une, il a attendu tout ce temps pour m'en faire part. Quand Myriam viendra, si j'en ai la force, je lui raconterai, sinon je l'emporterai bientôt avec moi...

À cette époque, les enfants et moi nous vivions encore au Liban et Salim venait d'arriver au Canada et habitait chez sa mère à Sainte-Thérèse depuis quelques mois. Il ne s'entendait pas avec elle, il n'avait pas d'argent, et sa mère ne voulait pas l'aider. Il n'avait pas de métier, pas d'expérience en rien puisqu'il n'avait jamais vraiment travaillé, il ne connaissait pas la langue et se sentait seul, désespéré et sans avenir. Un jour, il était chez un cousin qui habitait

Montréal. Il n'arrivait pas à dormir, et comme il n'avait rien à lire, il s'est mis à m'écrire une lettre d'adieu, me demandant de lui pardonner, me disant qu'il m'aimait, qu'il aimait ses enfants, mais qu'il était incapable de nous faire vivre, que c'était mieux pour moi d'être veuve que d'être avec un bon à rien. Le lendemain, il est parti en laissant là la lettre. Il avait pris la décision d'en finir en se jetant dans le fleuve et comme il ne savait pas nager, il s'était dit que ce serait la meilleure façon de mourir... Il marchait dans les rues de Montréal en direction d'un pont... quand il s'est trouvé à passer par hasard devant l'échoppe d'un barbier qu'il connaissait. C'était un vieux Libanais qui avait émigré dans les années vingt, je crois, et contrairement à beaucoup d'autres il savait lire et écrire l'arabe, ce qui fait qu'il avait des livres et des journaux dans son établissement. Le vieux l'a vu et l'a invité à entrer. Salim pour une fois n'avait pas envie de parler et voulait continuer son chemin, mais le vieux a tellement insisté que Salim a fini par entrer. Au même moment, un client est arrivé pour se faire couper les cheveux. Salim a voulu repartir, mais le vieux a insisté de nouveau, prétextant qu'il voulait vraiment lui parler, et lui a mis dans les mains un livre pour qu'il patiente un peu. Salim, qui aimait tant lire, a commencé à feuilleter le livre et sans s'en rendre compte a lu une histoire qui lui a ouvert les yeux et le cœur comme la bonne clé dans la bonne serrure. Il a repris courage et il a décidé de continuer à vivre...

En terminant son histoire, Salim est resté silencieux pendant un long moment, puis il m'a dit : « On ne sait jamais quand un livre, un mot, une phrase peut tomber au bon moment dans la tête de quelqu'un et l'aider à changer, à vivre... Peut-être qu'il aurait mieux valu que je meure ce jour-là... Mais d'un autre côté, Dounia, tu te serais ennuyée. Sinon de moi, du moins de nos disputes ! »

Ce cher Salim, toujours le petit mot pour rire, pour se rendre sympathique à mes yeux, pour me faire oublier son mauvais caractère et ses sautes d'humeur !

Celui qui m'a fait rire et pleurer n'a pas eu besoin de s'enlever la vie. Son cœur s'en est chargé. Puis la mort, tel un chasseur qui tord le cou à un petit oiseau blessé, a fait le reste. Salim était dans son auto devant la maison. Il revenait de porter de la nourriture à Farid qui avait sombré dans une maladie de l'âme et du corps qui l'empêchait de travailler pour un temps.

Salim avait dit après sa première crise cardiaque et même après sa deuxième : « Je ne veux pas mourir avant le temps. » Pour lui, mourir avant le temps voulait dire faire attention à sa santé, prendre ses médicaments. Faire attention, c'était pour les vieux. Lui n'était pas vieux. Il allait mourir jeune. Il ne voulait pas vivre diminué.

Il a toujours dit qu'il voulait mourir avant moi. Je lui répondais en riant que c'était à cause de sa paresse et non de son amour pour moi. Il disait : « Non, ce n'est pas ça », sans rien ajouter.

Je sais maintenant, puisque je le vis, que Salim avait peur de rester seul. Il avait pressenti que vivre sans moi, c'était entrer dans un territoire inconnu, un

nouvel exil. Il ne voulait pas avoir à s'habituer de nouveau, s'exiler de nouveau, sentir sa mort venir à pas
lents. Sa peur de rester seul après une vie passée ensemble, il en a eu l'intuition, c'est moi qui la vis, pendant qu'il se repose... Il a toujours pensé à lui d'abord,
jusqu'à la fin... Quand j'ai parlé de l'hospice aux enfants, il n'avait rien dit, mais son silence était élo-
quent.

Abdallah est à l'hôpital depuis des mois ou peut-être des années. Sa crise avait la violence de ses premières crises quand il était encore un tout jeune homme. Sa tête avait déjà commencé à dérailler quelques semaines avant la mort de son père. Elle s'est enflammée et aucun médicament ni électrochoc n'arrive à éteindre le brasier. La réalité et le rêve s'entremêlent, il saute d'un sujet à l'autre, d'une idée à l'autre, d'une vie à l'autre sans plus savoir quelle est la sienne.

Il me téléphone souvent. J'écoute et je n'arrive pas à pleurer. Je suis fatiguée de tout, même de mon fils qui n'arrive plus à revenir sur terre. Parfois je me dis : Qu'il reste là où il est, ce sera mieux pour tout le monde. Que vais-je faire quand il sortira de l'hôpital ? Quand il ne sera plus qu'une loque humaine, dans un lit sale, dans une chambre sale ? Je n'ai pas la force d'y penser. Salim s'est échappé à temps. Je suis seule à espérer. À n'avoir plus la force d'espérer.

La mort rôde autour de notre famille. Je sens que ce n'est pas fini.

Mes enfants et mes petits-enfants viennent parfois me rendre visite. Les quelques minutes qu'ils passent avec moi ne suffisent plus à couvrir cette grisaille ou à la disperser.

Elle est assise sur une chaise parfois, la plupart du temps dans son lit, la femme épave que je suis devenue. Elle regarde dehors, la femme sans jambes. Ses yeux ne voient presque plus, la femme muette. Elle parle à la vitre devant elle, la femme qui s'est toujours tue. Dehors il n'y a personne, à côté d'elle il n'y a personne.

Pour l'aider à manger quelqu'un vient, une femme habillée de blanc, un homme grand et fort pour la déposer dans sa chaise et la remettre dans son lit quelques heures plus tard. Ses enfants viennent parfois la voir comme s'ils lui faisaient une faveur, la femme qui les a tant aimés. Ils viennent un petit quart d'heure et s'en vont, pressés, la femme qui a tout donné.

La télévision, je n'ai plus la force ni les yeux pour la regarder. J'aimerais que quelqu'un s'assoie à côté de moi et me raconte des histoires pour m'endormir.

Je n'ai plus rien d'autre que ces murs. Je leur ai dit que je voulais mourir. Ils m'ont dit que cela ne se faisait pas. J'ai dit : « Je veux mourir. » Ils m'ont enlevé tout ce qui tue. Ils m'ont enlevé tout ce qui vit. Quand ils tirent les rideaux, c'est insupportable. Pourtant, je n'arrive pas à crever.

Des années que je suis ici, peut-être des mois, ou quelques jours. Quand ma tête s'incline vers le passé, elle voit parfois des choses agréables, quand elle regarde devant, elle ne voit que cette vitre et un peu plus loin une eau grise. Ai-je vécu toute ma vie pour finir ainsi, plus muette, plus seule encore que je ne l'ai été ?

Avant, j'avais des jambes, j'habitais une maison, j'allais et venais, j'invitais même mes enfants à manger, j'avais un balcon pour m'asseoir dehors, regarder le ciel, les passants, mes yeux voyaient, avant.

Tant de fois ma vie a basculé, tant de fois, dans la noirceur la plus totale. La lumière revenait et je reprenais vie. Oh, mon Dieu, oui, la vie ! Même ici, la vie l'emporte pour quelques instants. Même ici, je me surprends à penser à de belles choses qui me font sourire. Même ici, la vie s'accroche à moi et ne veut pas me quitter.

J'ai beaucoup maigri depuis que je suis ici. Mon mari, lui, n'a pas eu le temps de maigrir. Le cœur est une belle maladie. L'homme qui me soulève deux fois par jour est content. Mes enfants aussi. Ils disent que c'est meilleur pour la santé. La santé ! Les gens disent n'importe quoi.

Le silence est lourd à porter, comme un corps sans vie.

Tout m'a quittée, même ce que j'appelais ma sagesse sans y croire.

Il ne me reste rien d'autre que ce lit à barreaux.

Une des plus belles morts, celle de ma tante, la sœur de mon père, morte en Argentine. Ses enfants et petits-enfants et petits-petits-enfants lui avaient organisé une fête pour ses cent six ans. Je ne sais plus quel est mon âge. Combien d'années suis-je restée à la maison après la mort de Salim ? Combien de temps suis-je restée chez Myriam, chez Kaokab, chez Samir ? Il me resterait encore combien d'années à vivre pour avoir cent six ans ? Après le souper, ma tante a dansé quelques petits pas, puis elle a embrassé tout le monde, du plus petit au plus grand en disant le nom de chacun sans se tromper et elle est montée dans sa chambre. Elle pouvait encore monter les escaliers. Elle s'est endormie et ne s'est plus jamais réveillée...

On ne peut pas demander à la vie plus belle mort...

Il faudrait que je raconte cette histoire à Myriam, je suis sûre qu'elle l'aimerait.

Mes enfants et mes petits-enfants sont là. Chacun parlait dans une langue étrangère. Le petit Gabriel est devenu grand. Je comprenais tout. Salim s'est réveillé, il m'a dit doucement : « Viens, Dounia, on va aller prendre un café à l'extérieur, juste toi et moi. » J'ai ouvert les yeux et je lui ai dit : « Ça fait cent ans que j'attends ce moment, Salim, j'attends depuis si longtemps que tu m'invites pour un café en tête à tête. » Il m'a regardée avec un sourire tendre. Je me suis habillée. Salim était déjà habillé, mais il m'a laissé tout le temps sans me dire une seule fois : « Dépêche-toi. » Il m'a même dit : « Prends tout ton temps, ma chérie », comme ils disent à la télévision ou comme mon cousin Mounir disait à sa femme Karima qu'il aimait tant. Et là, nous sommes sortis en bavardant sans nous presser, comme si toute la vie était derrière nous et que nous n'avions plus rien à rattraper, juste à marcher lentement ensemble, bras dessus, bras dessous. Salim n'a pas pris son auto, nous sommes allés à pied jusqu'à la rue Wellington.

Le café que nous avons choisi ressemblait à un lieu que je connaissais. Salim était souriant et moi aussi. Il a commandé un cappuccino et du bon pain grillé avec du fromage français, comme s'il avait deviné ce que je voulais manger et lui aussi a pris ce qui lui plaît : des figues et du raisin. J'ai pensé : « Toute sa vie il a espéré un grain de raisin, à sa mort on lui en a offert une grappe... », mais je n'ai rien dit parce que Salim n'aime pas les proverbes. Nous avons mangé et bu en parlant et en nous regardant et en regardant dehors parfois. Nous étions sereins, en paix tous les deux. Salim m'a dit : « Grâce à toi, Dounia, j'ai eu une belle vie. Même si mes yeux ont parfois regardé ailleurs, mon cœur a toujours été pour toi et avec toi. » Et moi, j'étais trop émue pour répondre, j'ai regardé dehors pour cacher mes larmes et j'ai vu mes enfants et petits-enfants autour d'une grande table dans le café d'en face. Ils étaient joyeux. Abdallah n'était pas avec eux. Je me suis tournée vers Salim : « Où est Abdallah ? Il n'est pas avec ses frères et sœurs. Salim, où est Abdallah ? » Alors Salim s'est tourné vers moi et m'a dit avec la plus grande douceur : « Abdallah est l'envoyé du destin pour nous faire comprendre quelque chose. Il faut que tu pardonnes, Dounia, il le faut. » Je ne comprenais pas. J'avais l'éternité pour comprendre. Nous avons fini notre café en silence et, aussi doucement que nous étions arrivés, nous avons repris notre marche, sans nous presser, comme si toute la vie était derrière nous et que nous n'avions plus rien à rattraper.

Ce serait l'hiver ou l'été, peu importe, il ferait beau...

LEXIQUE

Proverbes et dictons qui apparaissent dans le roman ou qui ont inspiré l'auteure :

فلّاح مكتفي، سلطان مختفي

Un paysan qui se suffit à lui-même est un sultan qui s'ignore.

روحي ع روح ولدي، وروح ولدي كالحجر

Mon âme est tournée vers celle de mon enfant et l'âme de mon enfant est de pierre.

ليت الشّباب يعود يوما، فأخبره بما فعل بي المشيب

Si jeunesse revenait un jour, je lui raconterais ce que vieillesse a fait de moi.

ما بيحن عا لعود الا قشرو

Seule sa propre écorce est tendre pour le bois.

إيد فاضية إيد وسخة

Une main vide est une main sale.

زبدة الكلام كلمة

Le meilleur des mots, un seul.

ساعة البسط ما عمرك تفوّتها اذا جاعت النّفس بآش من كان قوتها

Ne laisse jamais passer les instants de plaisir ; pour rassasier ton corps un rien suffit.

الموجوع بيتعلّق باحبال الهوى

Celui qui a mal s'accroche même aux cordes du vent.

ما بيحك جلدك غير ضفرك

Seuls tes ongles gratteront ta peau en te soulageant.

لله مع الضعيف تيتعجب القوي

Allah est avec le faible pour étonner le fort.

الناقص خي الزايد

Le manque est le frère jumeau du trop-plein.

زوجوا الفقراء بتكثر الشحاذين

Mariez les pauvres, les mendiants se multiplieront.

كان يسلي الغريب عن أهلو

Il savait faire oublier son pays à un étranger.

كلّو عادة حتى العبادة

Tout n'est qu'habitude même la piété.

بالعين ما نشافش بالعقل اندرك

Ce que l'œil n'a pas vu, l'intelligence peut l'imaginer.

يلّي ما بيسلك فيه الكلام ما بيسلك فيه ضرب السيف

Même l'épée n'arrivera pas à le toucher si les mots n'y sont pas arrivés.

صعّبها بتصعب هوّنها بتهون

Rends les choses difficiles, elles le seront ; facilite-les, elles deviendront faciles.

لله ما بيسكّرها من كلّ المايل

Allah ne ferme jamais toutes les portes à la fois.

كلّ واحد بيزرع حقلو بعقلو

Chacun sème son verger avec sa propre intelligence.

عوّد الكلب و ما تعوّد بني آدم

Le chien se dresse, l'humain s'habitue.

من عاشر القوم أربعين يوم يا بيقعد معهن يا بيرحل عنهن

Après quarante jours, ou tu fais comme eux ou tu les quittes.

إذا حبيبك عسل ما تلحسو كلّو

Si ton ami est de miel ne le lèche pas complètement.

الّي زوجها معها بتدير القمر بصبعها

Pour la femme aimée, même la lune est facile à bouger.

الّي بدّو يقعد مع العوران بدّو يقعر عينو

Qui veut fréquenter les borgnes doit se crever un œil.

ما تعلّم ولدك الدّهر بِعلمو

N'enseigne pas à ton enfant, le destin s'en charge.

ما فيه بحصا إلّا ما بتسند خابية

Il n'y a de cailloux qui ne puissent servir de soutien à la jarre.

طربوش بيّو بعدو معلّق بالتّوتة

Le tarbouche de son père était encore accroché au mûrier.

استقبل الإنسان ع قد لبستو و ودّعو ع قد عقلاتو

Reçois l'inconnu à la mesure de ses vêtements et dis-lui adieu à la mesure de son intelligence.

سكّر بابك وآمن لجارك

Verrouille ta porte et fais confiance à ton voisin.

الرّبى غلب عل اِلّبى

Élever un enfant laisse plus d'empreintes que de l'allaiter.

بدّو يعرف البيض مين باضو والقُنّ مين عمّرو

Il veut savoir qui a pondu l'œuf et qui a bâti le poulailler.

اليّ خلق علق وليّ مات استراح

Celui qui est né est pris au piège et celui qui meurt se repose.

المال بِجر المال و القمل بِجر السيبان

L'argent attire l'argent et les poux attirent les lentes.

ما بيتخبّى الحب و الحَبَل و ركب الجمل

Il est impossible de se dissimuler quand on est amoureux, enceinte ou monté sur un chameau.

يوم نار يوم رماد

Un jour feu, un jour cendre.

واحد وحدو مسمار أقطم

Personne seule, clou sans tête.

خليها بالقلب تجرح أحلى متطلع و تفضح

Laisse ton mal dans ton cœur et souffre en silence ; le mal dévoilé n'est que scandale et déshonneur.

عاش يتمنّى في عنبه مات جابولو عنقود

Toute sa vie il a espéré un grain de raisin, à sa mort on lui en a offert une grappe.

حبل الكذب قصير

La corde du mensonge est courte.

الصبر مفتاح الفرج

La patience est la clé de la lumière.

خمّنا الباشا باشا   بأتاري الباشا زله

On croyait que le pacha est un pacha, or, le pacha est un homme.

يا ربي اتشردق بريقي تشوف عدوّي من صديقي

Mon Dieu que je m'étouffe avec ma salive pour voir qui est mon ami qui est mon ennemi.

العلم نور

La connaissance est lumière.

لله بيطعم جوز لِما عندو سنان

Dieu donne des noix à ceux qui n'ont plus de dents.

النّصيحة بجمل

Un conseil vaut un chameau.

نيّة الجمل نيّة و نيّة الجمّال نيّة

Le chameau a une intention ; le chamelier une autre.

مصايب الدهر أكثر من نبات الأرض

Les coups du destin sont plus nombreux que tout ce qui pousse sur terre.

ألف همّ برّه ولا همّ بالبيت

Vaut mieux mille malheurs en dehors et aucun à la maison.

لكلّ بلد اصلاحو ولكلّ قفل مفتاحو

À chaque pays ses usages, à chaque porte sa clé.

بين الشدّة و الفرج قلبة ورقة

Le chagrin n'est séparé de la joie que par le temps de tourner une feuille.

انت اخطي وانا براقبك وان ما جات فيك بتجي بعواقبك

Pèche et je t'observe ! Si mon châtiment ne te frappe pas, il atteindra ta postérité.

DOSSIER

NOTICE BIOGRAPHIQUE

Née au Liban, Abla Farhoud a immigré au Canada dans les années cinquante. Actrice dès l'âge de dix-sept ans, elle joue plusieurs rôles à la télévision. De 1965 à 1969, elle vit au Liban, puis en France de 1969 à 1973. De retour au Québec en 1974, elle met au monde deux enfants et fait plusieurs métiers. Puis, en 1980, elle s'inscrit à l'université et en 1982 écrit sa première pièce de théâtre : *Quand j'étais grande*. Auteure à plein temps depuis 1990, elle a à son actif douze pièces de théâtre, des nouvelles, des pièces radiophoniques, des conférences. En 1998 elle écrit son premier roman : *Le bonheur a la queue glissante* et, en 2001, son deuxième : *Splendide solitude*. Elle travaille actuellement à son troisième roman.

Plusieurs de ses pièces ont été présentées sur les scènes montréalaises ainsi qu'en France, en Belgique, en Côte d'Ivoire, au Liban et, en langue anglaise, aux États-Unis et au Canada.

Plusieurs de ses livres ont été traduits en anglais, et bientôt en espagnol, en néerlandais, en catalan. *Le bonheur a la queue glissante* vient de paraître en italien.

Des prix littéraires lui ont été décernés : le prix France – Québec 1999 pour *Le bonheur a la queue glissante* ; le prix Arletty, France 1993 pour *Les filles du 5-10-15 ¢* ; le prix Théâtre et Liberté de la SACD, France 1993 pour *La possession du prince.*

BIBLIOGRAPHIE

ROMANS

Le bonheur a la queue glissante, Montréal, l'Hexagone, 1998; Montréal, Typo, 2004.

Splendide solitude, Montréal, l'Hexagone, 2001.

La felicità scivola tra le dita, traduction d'Elettra Bordino Zorzi, Rome, Sinnos Editrice, 2002.

Le fou d'Omar, Montréal, VLB éditeur, 2005.

THÉÂTRE

The Girls from the Five and Ten, traduction de Jill Mac Dougall, New York, Ubu Repertory Theater Publications, 1988.

When I was Grown Up, traduction de Jill Mac Dougall, New York, in « Women & Performance », vol. 5, n⁰ 1, 1989.

Les filles du 5-10-15 ¢, Carnières, Lansman, 1993.

Games of Patience, traduction de Jill Mac Dougall, New York, Ubu Repertory Theater Publications, 1994.

Quand j'étais grande, Solignac, Le bruit des autres, 1994.

Jeux de patience, Montréal, VLB éditeur, 1997.

Quand le vautour danse, Carnières, Lansman, 1997.

Maudite machine, Trois-Pistoles, Éditions Trois-Pistoles, 1999.

Les rues de l'alligator, Montréal, VLB éditeur, 2003.

RÉCEPTION CRITIQUE

« Le livre est plein de fraîcheur et de sagesse. Au fur et à mesure que Dounia ouvre les vannes de sa mémoire et laisse émerger des choses gardées sous le couvercle pendant si longtemps, la violence des émotions nous saisit et nous écorche. »

LISE LACHANCE
Le Soleil

« Le mérite du roman de Farhoud, c'est de donner la voix, sans prêt-à-penser [...], à un personnage émouvant qui nous fait voir de l'intérieur ce que c'est que d'être perdu. Parce que Dounia est plus seule dans sa vieillesse que dans son nouveau pays. »

PASCALE NAVARRO
Voir

« Comment croire que ses petits-enfants ne comprennent pas sa langue... [Dounia] a appris à parler si peu qu'on la croirait muette. Pourtant, elle remue les lèvres. Il faut s'approcher et écouter. Nous nous laissons prendre par ce filet de voix qui devient musique, ces phrases qui se bousculent et que sa fille, une écrivaine ivre de questions, aimerait bien pouvoir attraper. »

YVON PARÉ
Lettres québécoises

Cet ouvrage composé en Sabon corps 10
a été achevé d'imprimer
en novembre deux mille cinq
sur les presses de Transcontinental
pour le compte des
Éditions Typo.

Imprimé au Québec (Canada)